Colette Duquesne

Journal d'une assistante sociale

SYROS

Maquette de couverture : Didier Thimonier
Conception et réalisation : Ici & Ailleurs

9 *bis,* rue Abel-Hovelacque, 75013 Paris
Tél. : (1) 44 08 83 80
ISBN : 2 841 46251.X

SOMMAIRE

Profession : assistante sociale polyvalente de secteur. Mon employeur, le département des Hauts-de-Seine, me met à la disposition des habitants d'un quartier « afin d'appréhender au plus près leurs besoins et de mettre en œuvre les moyens nécessaires pour résoudre avec eux leurs problèmes sanitaires, sociaux, économiques et psychologiques ». Je suis « leur interlocuteur privilégié, en particulier pour faire valoir leurs droits ».

Ma mission d'aide et d'assistance passe aujourd'hui par deux actions prioritaires :

– protection des enfants ;

– réinsertion sociale des populations exclues : RMistes, SDF, chômeurs de longue durée, parents isolés...

Derrière ces grands mots toujours prononcés, il y a la réalité du travail au quotidien : les moments partagés de la vie des gens, la brutalité des situations, les rapports avec les employeurs, les administrations sociales et les autres institutions, les impuissances à agir, les découragements, les colères rentrées...

Toutes les histoires qu'on ne raconte jamais.

Merci à Jean-Yves pour m'avoir toujours soutenue.
Merci à Marie-Claire, Christine, Valérie, pour leur amitié dans le travail.
À toutes les familles dont il est parlé dans ce livre.

« Si tous ceux qui n'ont rien n'en demandaient pas plus, il serait bien facile de contenter tout le monde. »

Coluche

PRÉFACE

Casque bleu aux mains nues sur le front social

La fracture sociale ne date pas d'aujourd'hui, mais son ampleur ne peut plus être niée tellement elle tient en grand nombre, sur le versant démuni, enfants et adultes qui ont pour caractéristique première de cumuler les « handicaps » au point de n'avoir guère de perspectives réelles de vivre selon les standards communs.

Le service social de secteur est en première ligne de ce combat qui vise en théorie à réduire cette fracture. Ses assistantes sociales sont autant de casques bleus au mandat ambigu, à tout le moins flottant, mais à coup sûr démunis sur le terrain essentiel du logement et des revenus. On attend que, les mains nues, elles s'entremettent, orientent, « règlent » les problèmes, donnent le sentiment à chacun que l'on intervient, même si on sait que rien ne peut changer ! Le casque bleu est seul avec ses (dés-)illusions et ses espoirs. Au fond du cœur il a le sentiment qu'il peut quand même aider à quelque chose – à tout le moins il sert d'exutoire ! – et que la situation serait quand même pire en son absence.

Du moins il le croit à sa prise de fonction, puis, réalisme ou cynisme, il en doute, mais il apprend une chose :

il dispose de la parole et du droit de témoignage. Un témoignage de l'intérieur du système qui permet non seulement de rendre compte des masses d'injustices que l'on y voit, mais encore de leurs causes.

Et d'abord des dysfonctionnements de ce logement social qui n'a de social que le mot et se trouve incapable de garantir, au mépris du Préambule de la Constitution de 1946, le droit à un toit à tous ceux qui vivent normalement sur le territoire français.

Colette Duquesne est l'un de ces casques bleus du social dispersés dans les quartiers dits difficiles. Usant de son droit à la parole, dans une révolte contenue, elle peut encore rendre compte des hypocrisies et des faux-semblants. Et elle ne s'en prive pas. Les élus de tous bords et de tous niveaux en prennent pour leur mandat ! Elle met à nu les contradictions et les logiques institutionnelles qui produisent aujourd'hui et produiront demain encore plus d'exclusion sous un discours intégrateur. Oui, « la loi est généreuse, la réalité ne l'est pas ! ». Combien d'exemples sont donnés des rapports de force exercés au quotidien dont les victimes sont toujours les mêmes ! Mais, qu'on se rassure, le maire « ne perd pas de vue votre problème » ! Reste qu'il ne suffira pas de déplacer des familles pour supprimer les problèmes.

À travers ces dizaines d'histoires on sent encore la bêtise. « Les chiens ne font pas des rats ! » La malignité et la méchanceté sont parfois au rendez-vous dès lors qu'on refuse de prendre en compte la dignité de l'autre. Le racisme est là à cru sans que les auteurs en soient conscients tellement ils l'ont fondamentalement intégré. Il devient incongru et quelque peu révolutionnaire d'invoquer les droits de l'homme.

Le livre-témoignage de Colette Duquesne est irritant mais indispensable. D'abord parce que le témoignage est fondamentalement et malheureusement juste ! Chacun y retrouvera les familles de Nadia, Michel, Koggi, Myriam, qu'il côtoie dans son quartier ou dans sa vie professionnelle. Irritant encore parce que sans concessions. On cherchera en vain de l'espoir. Chaque jour voit de nouveaux problèmes et noie les quelques résultats que l'on a pu obtenir la veille, au point qu'on a le sentiment de n'avoir jamais le moindre impact. On comprend mieux pourquoi tant de postes d'assistantes sociales sont vacants en région urbaine et pourquoi les travailleurs sociaux se « réfugient » aujourd'hui dans les internats. On ne peut pas en permanence, sur dix, vingt, vingt-cinq ans, ne rien pouvoir faire pour répondre aux problèmes de logement ou de revenus des familles, sinon ponctuellement et encore parfois très chichement pour chacune d'entre elles. Combien de familles souffrent sans que quiconque puisse les entendre, avant qu'une explosion ne survienne qui nécessite l'intervention de police-secours, du SAMU ou de la justice ?

Que dire à ces gens quand toutes les formalités et démarches obligatoires ont été faites ? On finit par espérer ne plus les revoir ! Une chose est certaine : « Les parents attendent, les enfants rêvent ! »

Un livre décapant aussi qui sait combattre les hypocrisies ou analyses à courte vue. L'approche des violences à enfants dans certains milieux est bien sentie : ce sont moins les violences exercées par certains adultes que la violence de la vie imposée aux enfants et aux adultes qui est la vraie cause des traumatismes physiques ou psychologiques supportés par les plus jeunes et, ajouterons-nous, demain par les plus vieux !

Ce journal témoigne donc autant sur la fracture sociale et sur ceux qui sont destinés à rester de l'autre côté que sur les professionnels que la société a su envoyer au front pour en réduire le choc, éviter les mouvements individuels ou collectifs de révolte. Ces professionnels sont souvent renvoyés à leur solitude. Ils s'y complaisent aussi, à en juger par la faiblesse de leur dispositif associatif ou syndical ! Là encore il faut une explosion, comme le dernier mouvement des assistantes sociales. Et à nouveau on ne peut pas ne pas être irrité devant cet isolement qui conduit à la méconnaissance des potentialités des autres professionnels ou des autres institutions. De là souvent de fausses représentations et – pourquoi le cacher ? – des procès d'intention dont on se défend. On généralise rapidement pour revenir dans sa solitude. La camisole sociale n'en est que plus efficace.

Un livre lucide où, s'il n'y a guère d'espoir, on rappelle aux futurs casques bleus qu'« à défaut de rêver il faut faire un autre métier ».

Incontestablement les mots ont du sens. Nous traversons une période difficile où l'injustice est non seulement plus flagrante que jamais, mais visible. Pourtant, beaucoup de gens ignorent encore combien il est difficile de vivre pour certains qui font le plus souvent preuve de dignité, croient encore aux valeurs « Liberté, Égalité, Fraternité » de la République, quand les autres, qui eux n'ont pas de problèmes de logement, de nourriture ou de cursus scolaire, font la fine bouche. Les casques bleus sociaux veillent, qui permettent d'avoir bonne conscience ! Mais, à défaut de faire redémarrer la machine économique pour créer plus de richesses et les répartir mieux, les casques bleus seront emportés par les vagues qui agiteront les tréfonds de la fracture ! Si d'ici là ils n'ont pas rendu en masse – en silence ? – leur tablier ! Colette Duquesne aura tiré le signal d'alarme ! On ne devrait plus dire : « Je ne savais pas ! »

JEAN-PIERRE ROSENCZVEIG,
magistrat,
président de l'ANCE (Association nationale
des communautés éducatives),
membre du Conseil supérieur du travail social.
Ciboure, le 21 août 1995.

1

LES *FAVELAS* DU QUAI

Le quartier : un imbroglio urbanisé. Des vieilles fabriques, des entrepôts, une usine de brûlage des ordures, des voies sans issue, des ateliers dans des fonds de cours. Des péniches le long des berges de la Seine. Une quadruple voie de circulation sans presque de passage piéton pour les riverains. De plus en plus de bureaux rutilants. Des immeubles aux surfaces miroitantes qui accueillent des sociétés de haute technologie : des agences de publicité et de communication, des sièges sociaux d'entreprises de pointe. Au milieu, des trous béants. Un très grand à la place de l'ex-blanchisserie industrielle, d'autres plus modestes. Un jour, en passant avec une collègue, je demande aux ouvriers d'un chantier :

« Mais qu'est-ce que vous allez construire là ?

– On ne sait pas nous, madame, on démolit. »

Ils rient de notre surprise, contents d'avoir échangé quelques mots avec des passantes. On hausse les épaules. On verra bien…

Égrenées dans ce paysage d'ancienne zone industrielle, les habitations : des immeubles abîmés par l'âge et laissés à l'abandon, des logements de fortune où des familles s'entassent dans l'inconfort et l'insalubrité, de vieux hôtels meublés qui, à leur heure de gloire, ont accueilli ces étrangers d'outre-Méditerranée qui venaient seuls gagner l'argent de la famille restée au pays. Ces hommes jeunes et vigoureux dont la présence était alors une aubaine pour notre économie, qui faisaient tourner plus vite et sans broncher les usines d'une France en pleine croissance, en plein emploi, qui rapportaient à la Sécurité sociale plus qu'ils ne lui coûtaient et n'avaient besoin ni d'école ni de logement.

Beaucoup sont encore là dans les hôtels. Des hôtels où il vaut mieux ne pas mettre les pieds. Ça vous monte à la tête. Ça vous file le bourdon pendant plusieurs jours. Certains sont sans force désormais. Ce sont les allocataires de la solidarité spécifique. Les ex de la blanchisserie industrielle, de l'usine automobile et du bâtiment. Des hommes vieillissants qui se sont trouvés sur le pavé, il y a quelques années, pour que le chantier respire, que l'usine retrouve son rythme de croissance, sa courbe exponentielle de bonne santé économique, qu'elle ne s'asphyxie plus par ce trop-plein d'humains aux bras inutiles et aux forces déclinantes.

Parfois, leurs familles aussi se sont éloignées à jamais. Elles se sont usées à toujours attendre des retours impossibles, à guetter d'hypothétiques mandats, par exemple le reversement des allocations familiales suspendues momentanément pour raison de chômage du chef de famille. Ça en ferait aussi chez nous du gâchis, des ruptures, si on supprimait les allocations familiales aux enfants des hommes et des femmes déjà privés d'emploi. Mais enfin, c'est loin là-bas, on ne peut pas voir d'ici. N'empêche, quand on demande quelques subsides de complément à la mairie, à un organisme bienfaisant parce que deux mille francs c'est pas beaucoup pour vivre et qu'il faut payer le loyer, le pays réapparaît. La côte est en vue. M. Ahmed, il est là, accoudé au bastingage, prêt à débarquer, bien loin désormais du chômage qui bafoue sa dignité d'homme.

« Mais enfin, pourquoi ne rentre-t-il pas chez lui puisqu'il a sa famille ? »

On le lui demande à notre tour. On n'est pas contrariant dans le métier. C'est incroyable le nombre de questions qu'on pose aux gens. Savent, savent pas, savent plus, mais ils font toujours un effort pour nous répondre.

« Enfin, monsieur Ahmed, pourquoi vous ne retournez pas chez vous auprès de votre famille ? »

Lui répond simplement d'une phrase courte et douloureuse :

« La femme, les gosses, c'est fini maintenant. »

Treize juillet 1989. Quatre personnes se présentent en urgence au service. Un couple dont la femme est reconnue handicapée à 80 % et deux hommes isolés. Ils ont passé la nuit dans un petit parc, face à leur ancienne habitation, un hôtel meublé, avec tout le barda qu'ils ont pu récupérer. L'hôtel *Espérance*, au début du mois, a été racheté par un promoteur. Celui-ci, avant la signature de la vente, avait précisé au propriétaire qu'il le voulait libre de tout occupant. La libération totale s'est faite en deux temps : avant-hier et hier en fin d'après-midi. J'écoute leur récit. J'essaie de comprendre, de reconstituer les faits. Mais que faire ensuite pour eux, révulsés de colère par la brutalité à l'état pur dont ils ont été l'objet : portes et fenêtres brisées par des barres de fer, affaires personnelles jetées à la rue, éparpillées à tout vent, disséminées pour certaines à jamais.

Le service d'orientation judiciaire du tribunal de grande instance m'explique que les voies de fait sont interdites, l'expulsion par des méthodes violentes, illégales. Les locataires peuvent porter plainte. Mais une fois l'expulsion réalisée, il n'est pas question de revenir dessus. J'apprends entre autres, par les locataires, que l'avant-veille, alerté par le raffut, le commissaire avait embarqué tout le monde, le propriétaire, ses gros bras et les locataires, pour une explication au poste. Mais hier soir, le quartier est resté immobile dans la lumière dorée de cette journée de juillet et aujourd'hui le commissaire est injoignable. Il est parti aux festivités du bicentenaire. Je comprends à leurs voix narquoises que les inspecteurs à qui je m'adresse se payent ma tête :

« Une expulsion?... Nous ne sommes pas au courant... Non, aucune plainte n'a été déposée... Je vais vous passer mon collègue, peut-être sait-il quelque chose... »

Je fais au bout du fil le tour du commissariat. En vain.

Le propriétaire a dû être un peu sermonné pour son saccage, mais rien ne filtrera de toute façon. Et les locataires n'ont pas pensé à faire enregistrer une plainte.

Ce n'est pas la première fois. Les années passées, d'autres hôtels avaient ainsi volé en éclats, libérant les derniers habitants, ceux qui n'avaient pas encore compris qu'il fallait débarrasser le plancher, et plus vite que ça, ceux qui avaient résisté à toutes les intimidations : revolver, couteau…

Sans parler de ce Marocain qui, en rentrant du travail, avait trouvé sa maison aplatie avec tout son contenu. Les bulldozers, chargés d'abattre une rangée de garages situés de l'autre côté d'un terrain à bâtir, avaient écrasé la minuscule bicoque. Une erreur qui évitait les discussions à l'amiable avec quelqu'un qui, de toute façon, n'avait pas envie de partir. Le langage de la force permet les raccourcis. Le soir même, on lui proposait une chambre au foyer d'immigrés isolés où il vit encore.

L'adjoint au maire les reçoit sur notre insistance et comprend. Les méthodes employées ne sont pas louables. Leur indignation est légitime. Pour eux, c'est vraiment pas jour de chance. Mais le propriétaire est libre de disposer de son bien. 1789 nous a apporté la liberté individuelle. Le droit de propriété est sacré et inviolable. C'est inscrit dans la Déclaration des droits de l'homme et du citoyen et aujourd'hui, justement, c'est la fête de la Révolution. On sait : le commissaire est intouchable. Il est parti aux réjouissances.

« Et puis, que voulez-vous ? Quand on habite un meublé, il faut savoir que c'est du provisoire, ne pas se complaire dans cette situation à perpétuité ! »

Un autre locataire, au retour de ses vacances au pays, découvrira qu'il n'a plus de chambre, plus d'objets personnels, plus de vêtements, plus de radio, plus de papiers surtout. Envolées toutes les preuves de sa vie de travail, patiemment accumulées depuis des années. Envolées ce beau soir d'été, celui du 13 juillet 1989. Le patron, bêtement, n'avait pas pensé à l'avertir, à lui dire qu'il fermait définitivement l'hôtel lorsqu'il était allé s'acquitter de son loyer, le mois précédent. Peut-être, lui aussi, aurait-il pu demander avant de partir insouciant en congés payés. Par les temps qui courent, ce sont des choses qui arrivent dans le quartier.

Ainsi va la vie des hôtels et les discours des politiques, tellement affectés par la détresse des plus démunis qu'ils ont décidé d'ouvrir un hôtel social de 18 places dans le département. Un hôtel social réservé aux seuls RMistes, « pour les aider à reconquérir un espace social, à s'ouvrir à la solidarité vivante de leur quartier, à retrouver confiance vis-à-vis d'eux-mêmes, mais aussi vis-à-vis des autres, de la société globale… »

Aucun des expulsés n'est RMiste.

M. Armand est cuisinier. Sa femme, handicapée, ne travaille pas. Percevant après l'entretien avec l'adjoint au maire que nous ne pourrons rien faire pour eux, ils ne se représenteront plus au service.

M. Mouloud a cinquante-deux ans. Allocataire de la solidarité spécifique, il effectue depuis quatre mois une mission en intérim dans le bâtiment. Il me demande d'appeler son patron. Depuis deux jours, face à la menace, il n'a pas pu quitter l'hôtel et se rendre à son travail. Comment y retourner, maintenant qu'il est sans domicile ? Il a téléphoné lui-même mais l'employeur n'a pas voulu l'entendre. Je tente à mon tour. L'employeur comprend bien la situation mais il a besoin de son ouvrier sur le chantier. Désolé ! Mais il ne peut le garder dans ces conditions. M. Mouloud a perdu son travail. Mais c'était un travail temporaire. Il a l'habitude du précaire dans ce domaine.

Pour lui, il y a pire. Il ne veut pas dormir à la rue. Cette idée le met au supplice. C'est l'ultime déchéance. L'hôtel minable, les problèmes familiaux, le chômage, les boulots en intérim pour quelques jours où il faut traverser au petit matin l'interminable banlieue parisienne… Toutes les complications de la vie, il connaît – il a même dormi quelques semaines sous les verrous. Mais pas le vagabondage. Comme pour beaucoup d'Arabes, la vision de ces sacs à puces, ravagés par l'alcool, qui haranguent les passants avec leur litron et leur déconnance le terrifie, lui sert de repoussoir. Il est prêt à retourner dans sa chambre, même cassée, même sans fenêtre, et à en payer le prix en attendant de trouver autre chose. Si je peux arranger ça avec le propriétaire. J'en reste abasourdie. Mais non, je n'hallucine pas. C'est bien ce qu'il m'a dit car il me le répète. Puisqu'il en est là, je lui propose *L'hôtel de la ville d'Oran*. C'est un taudis, sans eau ni électricité, mais gratuit. Je le conduis en voiture avec ses paquets. Ma responsable de service me recommande la plus grande discrétion. Bien sûr ! L'invitation au squat ne fait pas partie de mes attributions ! Il n'y restera que quelques semaines. Le propriétaire, qui surveille les lieux, le fera évacuer. Puis, pour éviter que d'autres ne viennent s'installer, défoncera les portes des chambres inoccupées, jettera les sommiers et les matelas inutilisés et fera poser un cadenas sur la porte d'entrée.

Depuis, M. Mouloud revient nous voir de temps en temps. Il a retrouvé son allocation de solidarité spécifique, mais pas encore de chambre. Il a dispersé ses paquets chez divers compatriotes. Il dort chez l'un, chez l'autre. Lorsqu'il a un peu d'argent, il se paye l'hôtel pour la nuit.

M. Bachir est invalide deuxième catégorie. C'est la deuxième fois en dix-huit mois qu'il se fait expulser d'un hôtel meublé mis à la casse pour cause de rénovation de quartier. La première fois, c'était à Paris. Il vivait là depuis huit ans. Il a perdu toutes ses affaires. Cette fois, il a sauvé ses valises en les transportant dans le petit parc. Il sera le seul à porter plainte et à poursuivre le propriétaire en justice. M. Mouloud refusera. Le propriétaire et lui sont du même village. Là-bas aussi, il est riche et puissant. Si la justice française le condamne, au pays il se vengera contre sa famille.

L'avocat de l'association des locataires qui s'occupe du dossier de M. Bachir m'explique que, dans un cas comme le sien, il est bien difficile d'apporter les preuves des pertes subies, pour soutenir une demande d'indemnisation. En général, il n'y a pas de témoins. Ceux-ci s'éparpillent, Dieu sait où, à la vitesse du vent. Et puis, à part un préjudice moral, à combien estimer la perte de quelques sacs d'objets, de vêtements qui n'ont d'autre valeur que personnelle ?

M. Bachir dort pendant quelques jours non loin de là, chez un compatriote, puis trouve une chambre dans un autre hôtel meublé du quartier. Son nouveau loyer est de 1 700 francs par mois. Il gagne 2 500 francs. « Un habitué celui-là », me dit le délégué d'une association caritative, avec un sourire en coin qui se veut de connivence, lorsque je sollicite pour la deuxième fois de son organisme une aide financière pour l'aider à payer son loyer. Mais comment peut-il vivre sans aides ? Peut-on me le dire ?

La famille Salah vit à neuf personnes dans une pièce-cuisine de 25 m², sans eau chaude ni sanitaires. Le salpêtre a décollé le papier et noirci entièrement les murs. Les boiseries des fenêtres sont gonflées d'humidité. Dans la pièce principale, de 20 m² environ, se trouve un lit en fer avec trois matelas superposés. Le soir venu, les parents les déplient pour que tout le monde puisse dormir. Le mobilier consiste en une armoire, une télévision, une table basse et des caisses de bois où s'empilent quelques jouets et des dizaines de numéros d'un magazine pour enfants. Il n'y a pas de machine à laver, faute de place pour l'installer. Tout le linge est lavé à la main sur la pierre à évier. Si le temps le permet, il est étendu dehors dans une petite cour commune. Sinon, il pend le long des fils tendus à même la pièce. Le jour de ma visite, les petites filles de la maison, joliment nattées, feuillettent gaiement ensemble des illustrés colorés. Qu'elles me semblent à la fois étranges et rassurantes dans cet univers exigu, sombre, suintant d'humidité et d'une prégnante pauvreté !

La famille est inscrite depuis 1980 sur les listes d'HLM. L'OPHLM départemental a classé en 1984 sa candidature en « priorité 1 » et lui a accordé fictivement un logement de quatre pièces. Début 1989, l'office départemental, suite au rapport que je lui transmets, nous signale que cette famille n'a jamais été inscrite à leur fichier. Elle ne trouve nulle trace de leur dossier. À un nouveau courrier, joignant cette fois-ci la photocopie de la lettre d'attribution fictive, il ne sera pas répondu.

Alors, la famille reste là, ignorée depuis 1980. Des assistantes sociales appelées à la rescousse ont défilé. Des enquêteurs du service d'hygiène aussi. Des rapports ont été transmis régulièrement au maire et à l'OPHLM départemental.

Les réponses inscrites sur des papiers veloutés, joliment paraphées, sont rangées consciencieusement dans son dossier. Des réponses du type : « Je n'oublie pas votre dossier et poursuis mes efforts pour obtenir votre relogement », ou : « Soyez assuré que j'interviendrai personnellement afin que votre demande soit étudiée en priorité. »

Et le dossier grossit, grossit…

C'est qu'on en fait des choses pour cette famille !

Voisine des Salah, la famille Saïd a sept enfants. Le père vit en France depuis 1963. À son arrivée, il trouve du travail comme OS dans une blanchisserie industrielle, emploi qu'il occupe encore aujourd'hui. En 1981, sa femme le rejoint avec leurs deux premiers enfants. Les autres naîtront en France. Comme ils habitent une pièce-cuisine de 27 m^2, humide et sans confort, dès 1982 notre service les aide à constituer des dossiers auprès des organismes d'HLM et adresse à l'employeur une demande de relogement au titre du 1 % patronal. En 1985, la situation est signalée à la préfecture. L'Office départemental effectue alors une enquête à domicile. Constatant la petitesse et la vétusté du logement, il informe la famille du passage très prochain de son dossier en commission d'attribution. Mais cet engagement n'est suivi d'aucune proposition concrète. En 1986, l'employeur a connaissance d'un logement libre. Il souhaite le voir attribuer à la famille Saïd. Les organismes collecteurs s'y opposent du fait de sa nationalité étrangère. Notre service alerte la mairie et la préfecture pour qu'ils exercent une pression sur les organismes collecteurs. Ces démarches n'aboutissent pas. Lorsque j'arrive sur le secteur, trois années après, neuf personnes vivent dans ce studio insalubre avec un seul point d'eau intérieur et des toilettes dans la cour. Dans ce qu'il est convenu d'appeler la cuisine, face au vieil évier, au réchaud et au Frigidaire, se dressent des lits superposés. Dans chaque lit, dort une grande fille avec, à ses côtés, une petite sœur. Les parents et leurs trois autres enfants dorment dans la pièce contiguë. Ce sont les adolescentes qui viennent me voir pour me parler de la situation. Elles souffrent de n'avoir, de jour comme de nuit, aucune intimité, d'être obligées de travailler dans le bruit, les allées et venues, les jeux, les chamailleries et les querelles familiales, de devoir dormir constamment avec un petit collé à soi. Elles disent tout de la difficulté d'une telle promiscuité même dans une famille où l'on s'entend bien. Et cela semble ne jamais devoir finir. Des années que leurs parents font des démarches, attendent et espèrent. Elles étaient toutes petites lorsqu'elles sont venues habiter ici.

Je transmets à nouveau un rapport à l'office municipal et à l'office départemental. Tous deux accuseront réception de mon courrier et mettront la demande en attente.

Trois familles vivent dans des masures insalubres, rachetées en 1985 sur conseil de la mairie par la société HLM d'une association caritative à un propriétaire plutôt escroc aux prises avec la justice et qui ne savait plus comment rembourser ses crédits. Les masures font partie d'un immeuble, disons plutôt d'une compilation de petits logements très vétustes appartenant à des copropriétaires. L'association, désireuse avant tout d'obtenir du terrain sur la ville, en a fait l'acquisition pour une bouchée de pain sans visiter les lieux et sans vérifier que les familles installées étaient bien parties, comme lui en avait donné l'assurance l'ex-propriétaire, cet homme de toute bonne foi. Elle ne se manifeste donc pas auprès des familles qui justifient leur situation d'abandon par la mort de leur propriétaire. En effet, celui-ci décède peu après la vente.

Ce n'est qu'en 1988, en se déplaçant à la mairie, que M. Célestin, qui attend sans succès et depuis plusieurs jours le passage du service d'hygiène pour le renouvellement de son attestation d'insalubrité, apprend le rachat. L'inspecteur du service d'hygiène se déclare très ennuyé maintenant par le renouvellement de cette attestation d'insalubrité, d'autant plus qu'en 1984, l'inspectrice du bureau d'hygiène avait proposé de demander au conseil départemental un arrêté prescrivant une interdiction d'habiter. M. Célestin s'inquiète. Que doit-il faire ? Doit-il payer un loyer, et à qui ? Doit-il partir ? Comme l'inspecteur ne sait que répondre, il nous adresse un courrier pour solliciter notre avis. Nous posons le problème de ces familles à la SA HLM qui répond qu'elle va bientôt s'en préoccuper. La situation de logement de la famille Célestin est bien connue de notre service. M. et Mme Célestin et leurs trois enfants vivent depuis 1981 dans deux petites pièces de 8 m^2 chacune, insalubres et dangereuses. En 1982, ils s'inscrivent au service des mal-logés de la préfecture et à l'OPHLM départemental. En 1985, l'OPHLM départemental leur attribue fictivement un logement de quatre pièces et les classe en « priorité 1 ». Prudemment, dans sa lettre, le président de l'Office précise cependant : « La très grave crise du logement qui sévit actuellement dans la région parisienne ne permet pas de fixer le délai au terme duquel je serai en mesure de vous faire une proposition. » Une prudence justifiée car, à ce jour, aucune proposition ne leur a été faite.

La même année, la famille Célestin se voit privée d'eau. Suite à une fuite due en grande partie au mauvais état des canalisations souterraines, les habitants de l'immeuble se trouvent redevables d'une facture d'eau d'un montant de 28 000 francs qu'ils ne peuvent payer. L'eau leur est par conséquent coupée.

En 1986, dans un courrier adressé à tous les demandeurs de logement, le maire de la ville les enjoint à garder espoir :

« Je n'oublie pas votre dossier et poursuis mes efforts pour votre relogement. Dix grandes opérations en cours ou programmées dans les prochaines années verront trois mille logements sortir de terre dont mille à caractère social réservés en priorité aux habitants de notre ville, aux travailleurs de nos entreprises et à nos jeunes foyers. Cet effort continuera d'être accompagné d'une action pour la réhabilitation des immeubles anciens et l'amélioration de leur confort. Vous pouvez constater chaque jour le renouveau de votre quartier. C'est la preuve que notre parole est suivie d'actes concrets. »

Des actes concrets, la mairie en posera. À trois reprises, le service d'hygiène de la ville fera procéder à une désinfection/décarfardisation. En effet, ignorant superbement la promiscuité qui règne dans les lieux, les cafards avaient envahi le bâtiment. Et à la grande horreur de mon chef de service, sortaient même par colonnes entières des boutons de la télévision !

En mars 1988, l'employeur de M. Célestin, directeur d'une petite entreprise de nettoyage industriel, écrit à la collègue qui m'a précédée sur le secteur :

« Suite à nos différents entretiens, je vous confirme ma volonté d'aider la famille Célestin à mettre fin à la situation désastreuse dans laquelle elle se trouve. En effet, après avoir visité l'endroit où vivent ces gens et vous avoir rencontrée, je suis convaincu qu'il n'est pas possible qu'un pays comme la France puisse faire venir des étrangers, leur délivrer des cartes de résidents privilégiés et les laisser vivre dans des lieux d'une telle insalubrité qu'on n'y laisserait pas coucher un chien. On entend beaucoup parler des Droits de l'homme. Voilà une belle occasion de mettre en pratique les belles théories. Je pense, et vous en conviendrez, que chaque homme vivant sur le sol français a au moins le droit d'avoir de l'eau. Ce n'est pas le cas de la famille Célestin qui vit sans eau dans ce qu'on appelle, hélas ! un appartement. Ce local vétuste, humide, lui donne, il me semble, une priorité incontestable pour un relogement d'urgence. Il est bien évident que je ne vous tiens en rien responsable de cette situation. Je souhaite que nous collaborions afin de trouver une issue favorable au problème de M. et Mme Célestin. Je vous rappelle que j'emploie M. Célestin à temps complet pour une durée indéterminée et qu'il me donne entière satisfaction. Je suis prêt à me porter garant du bon déroulement du paiement de son loyer dès qu'il aura un appartement. Je reste à votre entière disposition pour vous aider à mener à bien votre mission. »

La famille Virgile, six personnes, vit depuis 1981 dans le deuxième logement, une pièce de 10 m^2, sans sanitaire, dont l'insalubrité et la dangerosité ont été constatées à multiples reprises par le service d'hygiène. Les parents dorment sur un matelas étendu la nuit à même le sol, et les quatre enfants, par deux, tête-bêche dans des lits superposés. Un des enfants a de très fortes crises d'asthme nocturnes qui l'amènent régulièrement en urgence à l'hôpital. Outre les lits, le mobilier se compose d'une chaise et d'une télévision. La pièce est chauffée par un radiateur électrique. La cuisine se fait sur un petit réchaud à gaz. Les murs sont lézardés et des plaques entières de plâtre sont tombées ou en train de tomber. Le plafond est dans le même état d'indigence. Lorsqu'il pleut, l'eau coule par un coin du plafond. En dehors de cet apport ponctuel et heureusement pas trop abondant, la famille n'est plus approvisionnée en eau depuis trois ans. Au début, m'explique Mme Virgile, c'était par nuit, entre une heure et trois heures du matin, qu'elle et ses voisines partaient à la recherche de l'eau. Avec des torches et à demi paralysées par la peur de se faire tabasser ou dénoncer et prendre par la police (ce qui ne manqua pas d'arriver), elles se glissaient dans les sous-sols des immeubles environnants, qui, peu à peu, se sont protégés de ces voleuses d'eau en installant à leur porte des codes d'entrée. Elles sont alors allées plus loin, à la station de métro puis à la station de RER, traînant leurs bidons dans une vieille poussette ou un Caddie de supermarché. Mais, là encore, tour à tour, l'accès aux robinets publics leur a été interdit. Aujourd'hui, leurs maris en ramènent, quand ils le peuvent, de leur entreprise de nettoyage et ils ont transformé leur boulangère en vendeuse d'eau.

En 1987, devant l'état alarmant de cette situation, la collègue qui s'occupait alors du secteur demande un relogement au titre des mesures d'hiver précarité-pauvreté : « Logée de façon très précaire, il est urgent de reloger cette famille afin de lui assurer un équilibre propre au bon développement des enfants. » La commission départementale rejette leur dossier arguant du fait que c'est à la municipalité de proposer un logement à ceux qui vivent depuis longtemps sur son territoire. En 1988, pour échapper à la promiscuité, la famille creuse un trou afin d'accéder à une pièce vide murée, située juste au-dessus de la leur. Le directeur d'une association caritative nouvellement créée par la SA HLM, pour assurer la gestion de quatre immeubles de la ville principalement habités par des immigrés isolés, intervient et fait reboucher. « Les locaux de l'étage sont très dangereux et définitivement inhabitables », explique-t-il.

Madame lave et sèche son linge au Lavomatic. Elle le plie soigneusement dans une multitude de valises qu'elle entasse les unes sur les autres. Chaque matin, elle en ouvre une et en distribue le contenu : des vêtements propres pour chacun.

M. et Mme Virgile travaillent tous les deux dans une entreprise de nettoyage, monsieur à temps complet, madame tôt le matin et tard le soir. Ils assument au mieux leurs charges familiales et l'éducation de leurs enfants. C'est ce que je prends soin de noter dans les rapports destinés à alerter, une nouvelle fois, les organismes de logement sur leur situation.

C'est à la naissance de leur premier enfant que je fais connaissance des Constance, un jeune couple qui occupe le troisième logement : une pièce de 10 m² également, juste à côté de celle des Virgile. Noë, né presque à terme, mais avec un tout petit poids (1,6 kg) dû à un retard de croissance utérine, a été transféré dans un centre de néonatalogie. La maman vient donner son lait tous les jours. Le bébé se rétablit rapidement et les deux parents attendent avec impatience le jour de sa sortie d'hôpital. Comme tout son univers doit être stérile et que le couple habite une pièce insalubre et sans eau, je crains qu'il ne puisse être repris aussi vite. Je contacte ma collègue de l'hôpital pour lui expliquer la situation. Celle-ci me répond nerveusement qu'elle sait ! Le couple est déjà venu la voir pour lui exposer le problème. Ils ont même tenté d'obtenir un certificat médical de l'hôpital attestant que leurs conditions de logement seraient néfastes à la santé de l'enfant. Elle en a marre de ce chantage ! Le nombre de familles qui essaient de faire marcher les médecins dans leurs combines de relogement, ce n'est pas possible, ça n'arrête pas !

Elle se calme pour me rassurer. Elle a eu plusieurs fois des conversations avec les médecins africains de l'hôpital à ce sujet. Ils lui ont affirmé que, culturellement, la promiscuité et l'inconfort étaient beaucoup moins dégradants pour leurs congénères que pour nous autres Occidentaux. Ouf! Heureusement que la culture permet de relativiser, de remettre en question ses certitudes et d'apaiser les angoisses des travailleurs sociaux. Noë pourra rentrer et grandir dans sa pièce infâme et sans eau. Qu'ils s'assimilent, qu'ils adoptent nos mœurs et nos coutumes s'ils veulent vivre sur notre territoire! Mais pas trop n'en faut et je sais maintenant qu'à Noë et aux siens, il leur en faut beaucoup moins qu'à nous.

En septembre 1989, un des « locataires » écrit au président de la République, au Premier ministre, au préfet. Dans sa lettre, il fait état des difficultés d'approvisionnement en eau, de la surpopulation... « Les assistantes sociales et la mairie qui connaissent notre situation semblent nous ignorer. Nous n'en pouvons plus. Nous vivons un véritable cauchemar. Ce ne sont pas des menaces mais si nous devions vivre cette situation cet hiver, il y aura un cafouillage. Nous serions obligés de saisir les chaînes de télévision pour diffuser ces faits. Ce sera plus grave que personne ne pourra imaginer. » Suite à ces courriers, la préfecture nous réclame une enquête. Ma responsable de service se saisit de l'occasion pour interpeller la mairie et le directeur de la SA HLM, propriétaire des logements, dans une lettre d'autant plus pressante qu'une bagarre vient d'éclater entre un copropriétaire et un « locataire » à propos d'un vol d'eau. Une femme a dû être hospitalisée. Voici ce qu'elle écrit :

« La tension devient extrême entre les différents habitants. Une tentative de récupération des locaux murés a été également arrêtée. Cet îlot devait être l'objet d'une concertation entre la ville et l'association caritative. La situation se dégrade et le risque d'une issue dramatique n'est pas à sous-évaluer. Sans compter l'exploitation que pourraient en faire les médias. »

Quelques semaines plus tard, une réunion rassemble à la mairie le gestionnaire de la SA HLM et des représentants de la ville. Bien entendu, notre présence n'est pas jugée nécessaire. Lorsque, à l'issue de la concertation, nous nous inquiéterons des résultats, nous n'aurons droit qu'à cette réponse énigmatique : « Il n'a pas été question des occupants. » Dite sur un ton indiquant clairement qu'il était inutile de vouloir en savoir plus.

M. et Mme Leïla et leurs trois enfants vivent depuis six ans dans un très vieux bâtiment racheté lui aussi en 1985 par l'association caritative. Leur petit deux-pièces de 20 m^2 en façade de la quadruple voie de circulation dispose comme éléments de confort, à l'intérieur, d'un robinet et, à l'extérieur, d'une toilette à la turque qui sert à tout l'étage. Le logement est très insalubre. L'eau coule le long du plafond de la cuisine. Très endommagé par ces infiltrations, le plâtre s'effrite et tombe par petites plaques. Récemment, la famille a dû jeter toute sa literie, achetée quatre années plus tôt mais rongée d'humidité. Les parents n'ont pas racheté de lit. Depuis la naissance du bébé, il n'y a plus de place. La mère dort dans la chambre de 8 m^2 avec ses trois enfants. Le père, qui se réveille à quatre heures lorsqu'il est d'équipe du matin et rentre à minuit lorsqu'il est d'équipe de nuit, couche dans la minuscule pièce commune pour ne pas perturber le sommeil des petits. L'aîné des enfants souffre continuellement d'affection respiratoire. Son poids et sa taille sont inférieurs à ceux d'un enfant de son âge. La petite dernière, âgée d'un an, a déjà été hospitalisée à deux reprises. Monsieur travaille depuis vingt-deux ans dans une grande entreprise du secteur automobile. En 1989, l'entreprise, qui dispose d'un fond financier important au titre du 1 % patronal, se déclarait prête à verser immédiatement de l'argent à un office qui accepterait le relogement de cette famille. Cette entreprise avait, disait-elle, contacté plus de cent cinquante organismes dans toute la région parisienne. Sans succès. Tous les offices s'opposent au relogement des familles étrangères à revenu modeste. Une collègue d'entreprise qui s'occupe des travailleurs du bâtiment me confiait récemment : « Les problèmes de logement des cadres et des agents de maîtrise, nous les réglons, assez rapidement même. Mais pour les gars du chantier, nous ne pouvons rien faire. Les offices refusent systématiquement leur dossier. »

Une habituée du service, Mme Leïla. Surtout l'hiver. Dès que le froid saisit le quai, elle rapplique avec toute son angoisse, ses nuits entamées par ses montées de tension à 19/20, ses médicaments qui font des piles sur la petite table où il n'y a déjà pas la place pour manger, les courbes de poids et de taille de ses enfants chétifs qui n'arrivent pas à grimper comme celles des autres enfants. Et puis les petits drames des familles entassées où on ne trouve rien, où on n'a rien à soi.

Pourtant, aujourd'hui, c'est une joyeuse journée ! C'est le carnaval de l'école. Pendant ses vacances au pays, Mme Leïla avait choisi soigneusement deux petits costumes folkloriques qu'elle avait vite rangés, à son retour, en pensant à la surprise et au plaisir des enfants le jour venu. Seulement, lorsque les maîtresses ont demandé d'amener les enfants déguisés, elle les a cherchés partout dans cet univers étouffant où meubles, vêtements, valises s'empilent jusqu'au plafond, sans réussir à mettre la main dessus. Sarah et Sofiane sont retournés tristement à l'école rejoindre le petit groupe d'enfants dont on savait d'avance que les mamans n'auraient pensé à rien.

Mme Leïla vient au service juste pour me raconter ça, avec des larmes qui lui coulent jusqu'au menton. Un petit empêchement à vivre qui lui fait une vraie douleur du jour. Merci pour la peine ! C'est gentil de penser à moi... Lâchement, je lui dis : « Ne pleurez plus, Mme Leïla. Ce n'est rien. Vos enfants, ils en connaîtront bien d'autres, des occasions de fête ! »

Que répondre à ce jeune apprenti boulanger qui loge avec sa femme et son enfant de deux ans et demi dans une pièce en sous-sol que son patron loue 1 200 francs par mois ?... demande Valérie, notre toute jeune collègue récemment débarquée de province.

Que nous n'y pouvons rien : c'est son destin. Quand on est un jeune homme pauvre, avec une petite qualification, peut-on espérer autre chose si on ne connaît personne de bien placé dans la ville ? Il n'est pas au bout de sa peine et il n'est pas tout seul. Des cas comme lui, il y en a des centaines et des centaines… Alors, qu'il se range sagement en queue de la très longue file d'attente des attributions HLM et patiente de nombreuses années.

« Sa femme pense repartir avec l'enfant en province, chez ses parents : une rupture familiale qui pourrait être évitée », plaide auprès de nous une voisine, une femme sensible qui avoue se sentir un peu mal à l'aise de vivre, seule avec son mari, dans un cinq-pièces. Un appartement qui, de surcroît, donne sur la boulangerie. Elle aimerait que l'on intervienne pour eux auprès de l'office des HLM. Comme s'il nous était possible d'intervenir auprès des HLM parce qu'un couple vit dans 8 m^2 avec un enfant et que son employeur lui retient pour cela un quart de son salaire ! Nous l'aidons à se défaire de ses illusions. Elle repart sceptique, nous soupçonnant de mauvaise volonté : Les assistantes sociales sont bien payées pour quelque chose. À quoi servent-elles si elles ne peuvent intervenir ?

Valérie se sent nerveuse :

« C'est trop dur de dire toujours aux gens que nous n'y pouvons rien. C'est trop facile aussi. »

Eh oui, c'est trop dur et c'est trop facile. Ça nous tiraille, tous ces contraires, et ça fait craquer les moins blindées d'entre nous.

M. Kamal a trois enfants. Il fait vivre sa famille dans l'immeuble vétuste qui abrite, entre autres, les Leïla. Ses 34 m^2 sont cependant moins insalubres que ceux des voisins du fait d'une meilleure exposition du logement. Quand il vient me voir, il s'énerve toujours au bout de quelques minutes. Il m'invective en me demandant dans combien de temps il pourra sortir de là, lui le maçon qualifié qui construit à longueur d'année des appartements. M. Kamal m'a été signalé pour ses retards de loyers. Je lui en parle. Je lui fais comprendre que la rectitude dans le paiement est très appréciée des organismes de logement.

D'accord, il va tout régler et m'envoyer les photocopies des quittances. Il tient parole, paye d'un bloc tout son retard et me transmet le double des reçus d'acquittement.

Je sais que M. Kamal reviendra dans quelques mois, avec son impatience, ses yeux charbon plantés dans les miens et ses mots brutaux, s'enrageant comme à chaque fois de cet espace étroit et humide où il faut continuer à vivre à cinq. Il reviendra, c'est sûr, avec son humeur hargneuse, pour me demander, maintenant qu'il a bien tout payé, quelles raisons je vais encore aller chercher pour lui faire comprendre que son relogement est tout aussi improbable qu'avant.

M. et Mme Mounir vivent avec leurs quatre enfants dans un studio de 25 m^2 sans aucun confort et reconnu insalubre par le service d'hygiène et de sécurité de la ville. Les parents, et les quatre enfants, quatre garçons âgés de six à quatorze ans, dorment côte à côte sur des coussins de mousse étendus au sol pour la nuit – c'est de la promiscuité obligée. Il n'y a pas atteinte à l'intégrité physique ! L'aîné des enfants a été placé pendant huit mois dans un centre médical spécialisé, suite à de très graves crises d'asthme. En prévision de son retour au domicile, le médecin du centre m'écrit qu'il faut à tout prix améliorer les conditions de vie de l'enfant qui sont très préjudiciables à sa santé.

La famille est inscrite depuis 1980 au fichier des mal-logés, à l'OPHLM départemental et à l'OPHLM municipal. Depuis, elle a rigoureusement renouvelé ses demandes et s'est manifestée régulièrement auprès de nos services pour qu'on intervienne en sa faveur.

En 1985, l'OPHLM départemental lui attribue fictivement un logement de quatre pièces. Comme d'habitude, il précise qu'il ne lui est pas possible de fixer dès à présent la date du relogement. Et, comme d'habitude, la famille l'attend encore.

En juin 1989, j'envoie le certificat médical, accompagné d'un rapport, à ces organismes ainsi qu'au service employeur qui gère le 1 % patronal. Monsieur travaille depuis 19 ans dans une grande entreprise du secteur automobile.

Un certificat de plus qui va rejoindre un dossier jamais étudié, classé au fin fond d'une immense pile. Un courrier de plus laissé sans réponse ou, au contraire, assorti dès sa réception d'une réponse type nous assurant que le nécessaire sera fait dès qu'il y aura une possibilité.

M. et Mme Mounir viennent me voir régulièrement. Nadir va mieux mais il se réveille encore la nuit, deux à trois fois par semaine environ, à cause de ses difficultés respiratoires. Le plus jeune est lui aussi maintenant atteint par le même genre d'affection. À plusieurs reprises l'an dernier, il a été transféré en urgence à l'hôpital. Suite à ces crises nocturnes, il manque régulièrement l'école pendant trois ou quatre jours. Les enfants grandissent, les aînés deviennent adolescents, les parents s'inquiètent de les voir dormir les uns contre les autres.

Je leur explique toujours la même chose : Un jour, leur immeuble sera détruit. Dans combien d'années ? Je l'ignore. Le moyen de sortir de là avant la destruction ? Je ne le connais pas.

Les parents viennent me voir, se soulagent par la parole. « Votre écoute est déjà très importante », me souffle ma hiérarchie.

Nous, on les reçoit, on les écoute, les mal-logés de longue date, ceux qui ont depuis des années un dossier qui grossit dans nos tiroirs. Puis, on leur fait gentiment la leçon, on les raisonne. On essaie de les convaincre de prendre leur mal en patience, de s'accommoder de ce qu'ils ont. On leur enjoint de ne pas en faire toute une histoire, de ne pas se prendre pour la misère du monde.

À y regarder d'un peu plus près même, ils peuvent s'estimer vernis. Y'a plus pourri comme situation.

Bien évidemment, ils sont mal logés ! Oh ! On n'en disconvient pas ! Mais combien d'autres le sont tout autant ! Pour sûr, ils attendent depuis très longtemps ! Ah oui ! Ils entament la huitième année d'inscription... Effectivement, c'est long. Mais tant d'autres attendent depuis plus longtemps. On leur donne des exemples. De cela, on ne manque pas. On leur ouvre grand la porte des plus mal lotis : des sans-eau, sans-électricité, des moins de 4 m^2 par personne, parfois même moins de 2. Et demandeurs depuis dix, parfois douze ans, ou même quinze ans, avec ça ! Certains ne veulent pas savoir. « À quoi ça sert que je me démène si c'est pour me ramener à pire que moi ? » On a beau valoriser leur sens des autres, leur capacité à endurer, ils ne veulent pas l'avaler, leur misère. Exaspérés d'attendre, ils enragent de ne pouvoir nous forcer à agir, persuadés qu'on détient dans nos mains de possibles relogements, puisqu'on leur répète partout que c'est aux assistantes sociales d'intervenir.

Il y a les familles qui viennent constamment à nous pour nous raconter leur cauchemar quotidien. On voudrait tant qu'elles nous oublient un peu, qu'elles nous fréquentent moins assidûment, qu'elles espacent leurs visites, mais elles insistent, nous tarabustent, nous secouent, nous malmènent pour qu'on leur trouve une solution. Ça devient un vrai problème professionnel. À un séminaire auquel j'assistais récemment, un intervenant a fait un exposé sur la violence faite aux travailleurs sociaux par les familles en mal de logement. Psychologue de formation, il s'expliquait mal pourquoi nous acceptions sans broncher, ou à peine, de subir un tel harcèlement et jugeait légitimes les moyens de s'en dégager. Il nous conseillait, par exemple, d'accrocher à la porte de notre bureau une pancarte indiquant : « Nous ne recevons plus pour les problèmes de logement. »

D'autres nous interpellent au départ puis, comme cela ne donne rien, prennent leur mal en patience, tombent dans l'habitude :

« Au début, on est venus pour le logement mais puisqu'on sait que vous ne pouvez rien faire, on attend, c'est tout. »

Le « on-vit-mal-logés-il-faut-nous-aider » est devenu au fil des années « on-vit-mal-logés-mais-c'est-obligé ». Ça s'appelle l'adaptation par la renonciation. Au dire des spécialistes, « c'est, après de multiples échecs, un mécanisme de défense et d'évitement des tensions. » Cela fait l'objet d'études européennes. Déjà des chercheurs ont découvert le même comportement dans les banlieues pauvres de Milan et l'ont nommé « syndrome d'abandonite ». Et il y a fort à parier que ces éminents savants, dotés d'un instinct peu commun pour débusquer la misère et la désespérance, le trouveront encore.

Pas très facile, en effet, de mettre à jour des dossiers administratifs lorsque les papiers sont empilés dans de vieux cartons ou des valises vermoulues entassés jusqu'au plafond. Alors, si ce dossier est renouvelé inutilement depuis des années, arrive un moment où la lassitude et le découragement l'emportent. À quoi bon toujours recommencer ! se disent les familles. Mais qu'elles se méfient : parfois, au retour d'une enquête sociale, des remarques cinglantes viendront épingler celles d'entre elles qui n'auront pas pris la peine de renouveler leur demande de logement. Comme si on détenait là la preuve de leur manque de constance, de leur passivité, de leur fâcheuse tendance au laisser-aller. Ou encore, un cadre d'un organisme administratif ou social qui n'aura eu que de légers contacts personnels à prendre pour se faire reloger viendra bien vous démontrer par quels mécanismes mentaux ces populations se mettent toujours en incapacité de résoudre par elles-mêmes leurs difficultés ! Dans un autre registre, un thérapeute formé à l'analyse systémique et à l'approche psychanalytique et un responsable d'AEMO judiciaire, qui n'a que sa « fonction éducative » à la bouche, vous expliqueront qu'aussi dégradées que soient les conditions de vie, on peut toujours travailler la relation entre une mère, un père et un enfant. Comme si la relation n'avait pas partout besoin d'espace, de jeux, de moments d'isolement, d'intimité...

Quel mépris à travers tous ces discours s'adresse à ces familles, à leur désir d'élever comme tout un chacun leurs enfants dans des conditions normales d'habitat !

Pourtant, à chaque fois que l'on ferme les yeux sur les sordides conditions de vie d'une famille, ne participe-t-on pas au drame qui risque de s'y nouer, à la violence qui peut sourdre ? Ne conduit-on pas des individus contraints à s'entasser dans une promiscüité indécente à une dépréciation de leur valeur humaine ? Nous, les travailleurs sociaux de la région parisienne, pouvons dire combien d'appels, d'efforts, de démarches font les familles qui cherchent en vain à obtenir des conditions d'existence saines et sécurisantes, leur permettant d'élever normalement leurs enfants. En effet, 37 % des gens qui viennent dans nos services ont un problème de logement, disent nos statistiques. Nous sommes leurs premiers interlocuteurs. Toutes les mairies, tous les offices, tous les organismes sociaux qui, comme la caisse d'allocations familiales, disposent de logements les dirigent vers nous lorsqu'ils s'adressent directement à eux. Les lettres qu'ils envoient au préfet, au Premier ministre, au président de la République nous sont retransmises pour enquête. Que faisons-nous lorsqu'ils viennent nous voir de manière incessante ? Nous les repoussons. Doucement le plus souvent, arguant du fait que tous les rapports et courriers ont été envoyés aux responsables et qu'il leur faut attendre et encore attendre. Brutalement parfois, lorsque nous n'en pouvons plus de cette pression qui s'exerce inutilement sur nous. Mais, que nous réservions aux familles, sans y croire, l'espoir d'une solution ou que nous leur clamions notre impuissance, n'est-ce pas une attitude pernicieuse que d'accepter indéfiniment, sous les dehors d'un rôle temporisateur, une incapacité professionnelle ?

Les relogements, lorsqu'ils arrivent pour ces populations, ont lieu dans l'urgence parce qu'on détruit un immeuble, parce qu'un homme, une femme, ne supportant plus sa vie, parle de se suicider ou fait intervenir la presse, parce qu'encore, après une menace d'expulsion, une famille est prise d'un tel accès de rage qu'on sent qu'un drame peut se déclencher.

Il y a deux ans, une famille en expulsion, suite au rachat de son immeuble par un promoteur immobilier, a vu un huissier débarquer chez elle. Puisque la famille ne voulait pas déguerpir, la dame huissier venait chercher ses enfants pour les emmener à l'aide sociale à l'enfance. La mère a été prise d'une colère terrible qui aurait pu être très destructrice. Elle s'est rendue à la mairie. Elle a dit :

« J'achète un fusil. Si quelqu'un revient pour prendre mes enfants, je tire. »

La froide détermination de cette femme que tout le monde s'accordait à trouver patiente, raisonnable, conciliante depuis le début de l'affaire a convaincu ses interlocuteurs de ne pas abuser indéfiniment de sa résistance nerveuse. Elle a été relogée.

Il y a quelques semaines, une famille arrive affolée au service, renvoyée à nous par le centre communal d'action sociale qui ne savait qu'en faire. Elle s'était réfugiée là pour demander secours. Elle ne pouvait plus rentrer chez elle. L'après-midi même, deux huissiers s'étaient présentés à son domicile et, profitant de son absence, avait réalisé son expulsion. Ils avaient mis les scellés et placardé à l'extérieur, à son intention, une mise en garde : « Toute personne qui pénétrera dans les lieux sera poursuivie pénalement pour violation de domicile. Elle subira immédiatement une lourde peine de prison. » Nous apaisons leurs craintes en leur expliquant la procédure légale d'expulsion : Seul le préfet, représentant la puissance publique, peut autoriser l'exécution d'une décision d'expulsion et demander à la police de la réaliser. Quant aux huissiers, ils n'ont pas le droit de les mettre dehors ainsi. C'est une manœuvre d'intimidation. Nous les persuadons de rentrer chez eux.

La famille vit depuis 1974 dans ce logement racheté en 1979 par la Direction départementale de l'Équipement, en vue de la construction d'une voie rapide. Depuis le rachat, M. et Mme François règlent leur loyer à la paierie départementale.

Ils ont quatre enfants dont un garçon handicapé qui fréquente pendant la journée un établissement spécialisé. Depuis 1980, ils sont inscrits, comme demandeurs de logement, auprès des différents offices d'HLM. En 1982, l'Office départemental leur propose un deux-pièces. Bien sûr, ils refusent cette offre totalement inadaptée à la taille de leur famille et attendent en vain une autre proposition. En décembre 1989, le tribunal d'instance rend un jugement d'expulsion à leur encontre. Le printemps venu, les huissiers arrivent.

Et qui a commandité les huissiers pour tenter l'expulsion par intimidation ? Le président du conseil général chargé, depuis les lois de décentralisation, d'animer et de coordonner sous son autorité toutes les actions visant à la protection de l'enfance. « Un acte très maladroit », reconnaîtra le commissaire lorsqu'il convoquera M. et Mme François, quelque temps après. Cependant il leur confirme :

« Vous devez quitter les lieux au plus vite. Je dois rédiger mon rapport au préfet. »

Cette fois véritablement inquiète, je lui demande par téléphone si la force publique peut être requise contre une famille occupante de bonne foi qui attend depuis plus de dix ans son relogement ? Mais non, reconnaît-il. S'il leur a tenu ce discours, c'est pour qu'affolés ils imposent aux organismes l'urgence de leur relogement. Sinon, ajoute-t-il, les membres des commissions d'attribution sont bien trop occupés à pousser du coude le dossier de leurs petits copains !

Juin 1990. *L'hôtel de la ville d'Oran*, bien qu'abandonné depuis deux ans par sa gérante et frappé d'une interdiction d'habiter, abrite encore sept personnes. Les autres locataires, ceux qui travaillaient, ont réussi peu à peu à se disperser dans d'autres hôtels. Un Marocain, employé depuis vingt-six ans dans la même entreprise de bâtiment pour 6 000 francs par mois a trouvé par lui-même une chambre de bonne à 1 800 francs. Mais oui, à chacun ses victoires !

Les RMistes et les chômeurs sont restés là.

Parmi eux, il y a M. Lakdar, cinquante et un ans, un corps usé, dégingandé, bringuebalant une peau creusée en une multitude de rides. Un allocataire de la solidarité spécifique, hospitalisé l'an dernier pour dénutrition grave, ressorti au bout de quelques mois. On ne peut pas garder les malades sociaux constamment à l'hôpital. Nourri momentanément par les repas de la mairie puis par les restos du cœur.

J'aperçois parfois sa maigre silhouette lors de mes visites dans le quartier. Il se tient devant l'hôtel, immobile au bord du trottoir, pour échapper sans doute à la froide grisaille des murs de sa chambre. Arrivé en France en 1966, il a travaillé comme manœuvre dans le bâtiment jusqu'en 1985, date de son licenciement économique par une entreprise en liquidation de biens. Depuis dix ans, il n'a pas revu sa famille. Elle ne lui fait plus de souci. Il n'en a pas les moyens. Pourtant, il n'oublie jamais de me demander des nouvelles de mes enfants et dépose parfois sur mon bureau, à l'improviste, des petits pains au chocolat pour eux.

Pour lui, il n'y a rien à faire. Le laisser là, planté devant l'hôtel comme pour l'éternité. Enfin pas tout à fait. Un jour, les promoteurs débarquent, les propriétaires aboient et les bulldozers passent.

Il y a aussi M. Michel, soixante et un ans. Il me dit au détour d'une conversation que sa jambe droite le tiraille, le fait claudiquer. Sur mon insistance, se découvre un peu. Aïe ! Une plaie noire, profonde, la jambe rongée jusqu'à l'os et recouverte de croûtes. Le médecin de la consultation gratuite qui reçoit tous les « sans-sécurité sociale » et qui en a vu d'autres manque de tomber à la renverse. Elle nettoie et panse la plaie pendant plus d'une heure et demie. Elle envoie M. Michel dare-dare à l'hôpital pour opération. Il ne veut pas y aller. L'hôpital le terrifie. Il proteste comme si on l'envoyait là-bas rencontrer sa mort. Mais on le rassure. « Sinon on va devoir vous couper la jambe ! » On l'accompagne. Depuis ce jour, il a droit à sa retraite à soixante ans pour inaptitude au travail. Mais la caisse vieillesse n'en finit pas de mettre de l'ordre dans son dossier. Les vingt-deux années où il a été salarié, c'est correct. Mais les douze années où il a travaillé à son compte, c'est calvaire pour la Sécu ! Pour une raison puis pour une autre, le dossier est constamment repoussé. Heureusement, il y a le RMI. On a le temps de passer un premier contrat, et même un second. Pour quelle insertion ? Le logement, évidemment, puisque M. Michel habite cet hôtel meublé abandonné, pourri d'humidité. Un vieux taudis à étages, sans eau ni électricité depuis deux ans. Un ancien café-hôtel-restaurant. Il vit là depuis six ans. Auparavant, il faisait la plonge au noir pour les gérants. En tant qu'artisan menuisier en cessation d'activité, il n'avait pas droit au chômage.

Pour M. Michel, les démarches d'inscription au logement ont été faites préalablement à l'attribution du RMI. Elles sont peu nombreuses. L'OPHLM de la ville n'inscrit sur ses listes que les résidents installés depuis plus de trois ans sur la commune et redevables de la taxe d'habitation. Donc, pas les locataires des meublés qui vivent là parfois depuis plus de trente ans.

Une dérogation, que le maire accorde sur notre demande, a permis, il y a deux ans, son inscription auprès de l'OPHLM départemental et, tout récemment, auprès de la cellule-logement départementale, créée dans le cadre de la loi Besson du 31 mai 1990 relative à la mise en œuvre du droit au logement pour tous. La cellule-logement s'est fixé un objectif modeste : deux logements par mois réservés aux plus démunis, pour l'ensemble des trente-six communes du département. Il faut à l'homme, paraît-il, un projet dont il connaît les limites. Le conseil général est très humain. Ces deux logements sont fournis par l'Office départemental. La cellule-logement a bien essayé de demander aux autres offices d'HLM publics ou privés de participer, de faire un effort : elle les a réunis au département. Mais ils se font tirer l'oreille. Ils tiennent à rester maîtres de leur patrimoine. L'attribution des logements, c'est leur prérogative secrète et absolue. Leur domaine réservé. Un seul logement leur manque, ils sont dépossédés. Des centaines de dossiers affluent, s'empilent, sont triés, classés. Des centaines de dossiers qui décrivent la promiscuité, l'insalubrité, l'expulsion imminente ou la destruction prochaine. J'ai fait mon travail, celui de M. Michel est consciencieusement parmi eux. La commission locale d'insertion présidée par le sous-préfet a validé à deux reprises le contrat fondé sur la recherche d'un logement. Elle ne s'attarde pas sur ce genre de projet. Qu'aurait-elle à en dire?

Dans six mois, M. Michel touchera sa retraite. La cellule-logement classera son dossier sans suite ou le glissera sous la grosse pile des prioritaires. Il continuera de dormir à *L'hôtel de la ville d'Oran*, dans l'humidité et le froid, en attendant les démolisseurs.

« Il faudra neuf mois pour régler le problème de *L'hôtel de la ville d'Oran* et de ses locataires », nous avait répondu l'adjoint au maire au cours des journées sociales organisées, en septembre 1988, par la municipalité. Il avait dit « neuf » comme ça, au hasard, pour donner une réponse et passer vite à autre chose. Rien n'est jamais venu. Mais à cela on s'attendait.

D'ailleurs, M. Michel, M. Lakdar et les autres peuvent continuer à vivre là. Ils ne dérangent personne. Leur situation de sinistrés leur assure même une certaine tranquillité d'existence, une sorte de sécurité, une forme particulière d'aisance.

« L'harmonisation des ressources et des charges », que les commissions d'attribution de secours apprécient tant et dont elles espèrent le mouvement accéléré par l'action éducative des travailleurs sociaux, se fait ici plus naturellement. « L'autonomie financière » se restaure d'elle-même.

Pour eux, pas besoin de mesure précarité-pauvreté EDF : ils ne consomment plus d'électricité. Pas besoin de petits secours pour payer l'hôtel : ils ne règlent plus rien. Pas de menace hargneuse de les faire déguerpir au premier retard, ni de regard épiant leur arrêt quotidien au bar : il n'y a plus de gérant.

En 1988, la première année, avant l'hiver, ils étaient venus nous voir ensemble. Décemment, ils ne pouvaient pas rester là, sans eau, sans lumière, sans chauffage. Ils n'étaient pas des bêtes sauvages. Cette année, l'hiver fut bien plus rude mais personne ne s'est plaint. L'habitude et notre impuissance ont tué toute récrimination.

« Heureusement qu'on n'a pas de loyer à payer, me dit l'un d'eux récemment comme je lui remplissais des papiers, sinon, comment on y arriverait ? »

La loi Besson cherche des solutions nouvelles. Elle est généreuse mais se heurte à une réalité qui ne l'est pas. Ainsi en va-t-il du « bail à réhabilitation », autre mesure « destinée à accroître l'offre de logement en faveur des personnes défavorisées » en mobilisant cette fois le parc privé. Le texte prévoit la réalisation gratuite de travaux au bénéfice d'un propriétaire qui, en contrepartie, cède pendant douze années le bail du logement réhabilité à un office de HLM ou à un organisme sans but lucratif dont l'objectif est de loger des personnes en difficulté. La loi prévoit également une incitation fiscale sous forme d'exonération pendant trois ans des revenus tirés de la location ou de la sous-location d'un logement à un bénéficiaire du RMI, à condition que le loyer soit inférieur à un plafond fixé par décret. Comment convaincre en région parisienne un propriétaire de louer un appartement aux environs du quart qu'il peut raisonnablement en escompter ? Comment le convaincre d'abandonner pendant douze ans ses droits sur son logement alors que, aussi insalubre qu'il soit, n'importe quel taudis trouve preneur en l'état ? Il suffit tout au plus pour le propriétaire d'abandonner quelques mois de loyer pour que le locataire assure lui-même les travaux. J'ai vu récemment un bail faisant obligation locataire de changer les fenêtres de son studio et de carreler la salle d'eau. Et le locataire avait signé, bien content de trouver, avec son modeste salaire et sans garant financier, un studio de 18 m^2 à 2 000 francs par mois.

Ces nouvelles dispositions législatives ne pourront régler qu'un tout petit nombre de situations (deux logements par mois proposés par le département, pour l'ensemble de ses demandeurs prioritaires), mais elles vont entretenir l'espoir. On va recevoir les familles, leur expliquer cette nouvelle démarche, leur demander des papiers pour la constitution du futur dossier. On va retourner au domicile, décrire de long en large (en général, ce n'est ni long ni large) le logement. On va les revoir pour des compléments d'information, pour leur réclamer de nouvelles pièces justificatives, pour les mettre au courant de la date de constitution ou d'envoi du dossier, puis pour leur demander de patienter car nous n'avons pas d'écho à leur demande. Une autre fois, nous les informerons que cette procédure a déjà permis le relogement d'une famille sur la ville et que nous avons fait une nouvelle intervention en leur faveur. Nous leur montrerons le double de la lettre de relance que nous venons d'expédier. Et des mois et des années s'écouleront sans que rien ne change. On va d'entretien en entretien réactiver cette lueur d'espoir, tempérer les réactions des populations qui oscillent devant l'insuccès de nos démarches entre la fureur et la désespérance.

Voilà notre rôle en matière de logement social. Peut-il en être autrement puisque nous n'avons aucun pouvoir ?

À une réunion où se trouvait réuni l'ensemble des assistantes sociales responsables de circonscription du département, devant mon incrédulité à voir l'efficacité d'une telle cellule face à l'ampleur du problème du logement, il m'avait été répondu vertement par plusieurs d'entre elles que si on ne savait pas rêver, il ne fallait pas faire ce métier. Est-ce qu'on se demande parfois si les gens, eux, rêvent dans ces conditions ? N'importe quelle profession qui se respecte cherche à obtenir des résultats professionnels. Pas nous. On accepte facilement, sans grand questionnement moral ou éthique, que des familles vivent et élèvent leurs enfants de la naissance à l'indépendance dans des conditions grandement préjudiciables à tout équilibre personnel.

Tout cela parce qu'il faut mettre en valeur nos compétences, notre technicité, notre spécificité. Si l'on a pu aider une ou deux familles à se reloger, il faut insister là-dessus, quitte à oublier la cohorte des autres qui se sont adressées sans cesse à nous et pour lesquelles nous n'avons été d'aucun secours.

Voilà la logique qui prévaut dans notre profession et qui nous fait solliciter une nouvelle homologation de notre diplôme – bien sûr, cela va de soi, dans l'intérêt des populations – en nous targuant, par exemple, d'aider les familles défavorisées à accéder au logement social. C'est la première ligne d'une liste, énumérant nos savoir-faire professionnels, remise sous forme de motion par l'ANAS (Association nationale des assistants sociaux) au ministre des Affaires sociales en mars 1990, afin de légitimer nos revendications. Cela alors que quelques semaines plus tard, cent cinquante personnes dormiront sous tente dans Paris et que des associations de quartier, de parents d'élèves, des associations humanitaires, des organisations professionnelles d'avocats, de magistrats, d'enseignants tenteront de soulever le problème de leur droit au logement.

Peut-être le respect des usagers et de leur dignité passent-ils aussi par autre chose que la reconnaissance de notre formation et de notre diplôme d'État d'assistante sociale, la revalorisation de notre statut, l'augmentation de notre rémunération et notre repositionnement dans la grille de la fonction publique ! Que ces questions doivent être débattues, c'est certain, mais ne mélangeons pas tout.

Peut-être que parler un peu des manquements graves, qui peu à peu dégradent les individus et auxquels nous sommes quotidiennement confrontées, donner à voir et à comprendre les raisons de notre inefficacité ne nuirait pas à notre légitimité et amenuiserait le discrédit qui est le nôtre.

La cellule-logement part de l'idée que la désinsertion sociale, la désadaptation, les difficultés comportementales sont les causes principales du non-relogement des familles. Son rôle est alors de mieux faire accepter « ces populations lourdes, aux difficultés multiples », par les organismes de relogement en interposant, non pas des travailleurs sociaux qui « n'ajoutent que méfiance » et qui, par leurs multiples interpellations, « mettent ces familles au rouge », mais un service administratif neutre, capable de négocier l'attribution d'un logement et d'offrir en contrepartie des garanties financières aux bailleurs ainsi qu'un accompagnement social aux familles.

Du coup, avec la création de la cellule-logement, nous apprenons que nos rapports destinés à alerter les responsables de l'OPHLM départemental sur les situations les plus criantes n'étaient plus lus, depuis près d'un an. Trop volumineux par leur nombre et trop similaires par leur contenu, ils tombaient, ni vu ni connu, directement dans la poubelle. Tiens donc ! Le silence de l'OPHLM s'éclaire. À écrire à la poubelle, on ne risquait pas d'obtenir une réponse, même sous la forme impersonnelle d'une lettre type.

Mais quel sens cela a-t-il de demander aux offices de HLM de se déposséder de quelques logements en faveur de familles démunies, en attente depuis des années et des années ? La vocation première de ces organismes n'est-elle pas de permettre aux populations à bas revenus d'accéder à un habitat normal ? Que leur tâche ne soit pas facile, et qu'un équilibre entre diverses populations soit souhaitable pour la bonne cohabitation de tous, c'est évident. Mais il est certain aussi que le relogement de quelques familles « socialement défavorisées », autrement dit modestes, nombreuses et étrangères, dans des beaux HLM bien situés, participerait aussi au souci affiché de mélange des populations et apporterait couleur et richesse humaine à certains quartiers.

D'autre part, il était à prévoir que l'on se serve de ce dispositif pour reloger des familles qui l'auraient été de toute façon. Sur les quatorze familles relogées pendant l'année 1990, quatre étaient en procédure d'expulsion, suite au rachat de leur immeuble par la Direction départementale de l'Équipement. D'habitude, c'est l'OPHLM départemental, dont 30 % des logements sont réservés à l'État, qui reloge les expulsés. On s'est servi cette fois de la cellule-logement. Voilà ce qui s'appelle reprendre d'une main ce que l'on a donné de l'autre.

Cependant, comptabilisées au même titre que les autres, ces familles seront la preuve vivante de l'effort consenti par le département dans la lutte contre la ségrégation sociale.

2

LA NON-ASSISTANCE À ENFANTS EN DANGER

Les discours des responsables locaux, suite aux incendies des hôtels meublés de Clichy et de Paris qui ont fait, entre 1985 et 1986, une trentaine de morts dont de nombreux enfants, l'ont bien montré : il ne faut pas reloger trop vite les populations des hôtels brûlés. D'autres seraient tentés, même au péril de leur vie et de celle de leurs enfants, de mettre le feu à leur logement.

Que dire de plus sur la désespérance qui peut envahir les locataires de ces sinistres habitations ?

Et l'on voudrait qu'ils soient tous des adultes responsables, des parents éducatifs, investis, sereins, aimants. C'est tout de même plus facile d'aimer son enfant, de l'éveiller, lorsqu'on a le loisir de vivre dans la quiétude d'un appartement confortable, de partager avec lui une promenade, une activité sportive, une sortie au cinéma, au restaurant, au musée, au concert ou tout simplement un moment intéressant la vie familiale, amicale, professionnelle, que lorsqu'on s'entasse à quatre ou cinq sur un lit devant un poste de télévision parce qu'il n'y a pas d'endroit pour s'asseoir et rien d'autre à faire. Parce qu'il n'y a que la télé et la rue.

Que faire devant cet enfant-là, recroquevillé sur son lit, tout emmêlé par les fils de sécurité que sa mère, par détresse, tisse autour de lui. « Reste là ! Bouge pas ! » parce que la chambre n'est qu'un réchaud brûlant, des coins de table et de lit, des pieds d'adultes qui vont l'écrabouiller vite fait s'il s'empige dans leurs jambes.

Pas facile pour un enfant de grandir confiant, épanoui, quand il faut vivre sur la défensive constamment, quand toute expression spontanée de son corps le menace, l'expose au danger. Pas facile pour les parents dans ces conditions d'entretenir avec lui une relation harmonieuse, de faire naître de riches émotions, des plaisirs langagiers, d'échanger de grandes tendresses.

Que faire pour que l'enfant et la mère cessent seulement de s'affoler l'un l'autre ? Pour que, lorsque le gosse trépigne, elle ne lui retourne pas son énervement en un tournemain ?

On a beau dire, on a beau répéter qu'elle serait peut-être moins nerveuse, moins excédée, moins épuisée, cette mère face à l'attitude coléreuse, tyrannique, provocatrice que sait prendre son enfant, comme n'importe quel enfant, si elle pouvait un moment le soustraire à sa présence physique, éloigner les cris, les pleurs de ses oreilles, se reposer un peu. La question sociale est une fausse question, nous rétorque-t-on. Ça n'empêche pas les parents d'aimer leurs enfants. Et si, en 1978, dans son livre *Les Jeunes Enfants victimes de mauvais traitements,* le docteur Strauss, qui a consacré tant d'années de sa vie à l'enfance maltraitée, relève que sur 70 observations, 66,7 % des enfants vivent dans des logements surpeuplés et 64,5 % dans des logements insalubres, il ne s'agit sans doute que d'un simple hasard. Pourtant, le problème de la venue d'un petit frère est-il exactement le même lorsque l'enfant aîné à une chambre ou un coin de chambre, un endroit préservé avec ses jouets, ses livres, ou lorsque pour installer le berceau du bébé, il a fallu démonter son lit qui prenait tout l'espace restant et le remplacer par un matelas pliable, que l'on coince pendant la journée entre le mur et l'armoire, que l'on déplie le soir dans le recoin cuisine ? Et comme le père se lève très tôt le matin, l'enfant finit sa nuit dans le lit de sa mère.

Que dire à ces parents ? « Qu'ils laissent un peu leurs enfants à distance, qu'ils ne leur fassent pas tout partager de leurs soucis, de leurs difficultés, de leurs querelles et de leur intimité », comme nous le conseillent si finement les psychologues !

Comment encore, après un placement, aider des enfants, comme on nous le demande, « à retrouver leur place au sein de leur famille », lorsque les parents qui ont acheté deux lits superposés pour leurs trois aînés (deux en bas, tête-bêche, le troisième en haut) ne savent plus où installer les deux plus jeunes ? On a beau mesurer la pièce en tous sens pour essayer de trouver une solution. Il faut se rendre à l'évidence, le couchage des uns empêche le couchage des autres.

Que conseiller aux parents ? Que les enfants retournent tous la nuit à leur couverture à même le sol ? Que les petits dorment dans leur établissement, contrairement à leur vœu et à la décision judiciaire autorisant leur retour au foyer pour les week-ends ? Ou bien encore qu'ils se tassent un peu plus les uns sur les autres, toujours au mépris du corps et de ses besoins ?

Comment alors apprendre à un enfant à l'aimer, son corps, à le respecter, à le faire respecter des autres s'il doit dormir collé contre celui d'un frère ou d'une sœur, par pur manque de place, s'il doit partager, la nuit, avec lui, l'humidité de la pièce et son énurésie ?

N'y a-t-il pas de réalités maltraitantes qui usent les forces physiques et morales des individus, qui les laissent, comme me disait un jour une mère, « sans défense humanitaire » ? Et comment l'adulte, obligé de faire vivre ainsi les siens, ne leur transmettrait-il pas son désarroi ?

On voudrait parfois peu de chose pour ces enfants. Qu'ils n'attendent plus au retour de l'école leur tour de coin de table pour faire leurs devoirs, entre le bébé qui pleure et la télé qui braille. Qu'ils puissent se dire, comme Nathalie Sarraute, dans son livre *Enfance* :

« C'est apaisant, c'est rassurant d'être là, toute seule, enfermée dans ma chambre... personne ne viendra me déranger. Je fais "mes devoirs". J'accomplis un devoir que tout le monde respecte. »

Est-ce trop demander ?

Cette dégradation de la santé, de la scolarité, de l'équilibre des enfants, on ne veut pas la voir, on ne veut pas la savoir.

Seuls les manques affectifs ont permission de se dire. La souffrance due aux manques matériels est niée abusivement. Elle n'est que le travestissement de manques affectifs. Pourquoi s'en inquiéter ? Ah oui ! Si le père ou la mère donne un sale coup, on agira, on jugera mais en attendant on reste silencieux, en retrait. Tant de familles, il est vrai, vivent dans ces conditions et ne maltraitent pas forcément leurs enfants.

Cela donne aux institutions responsables une justification et un regain d'inertie.

Une simple confrontation à la réalité dérange parfois les certitudes les mieux ancrées. Une psychologue devant qui j'avais évoqué, lors d'une réunion de synthèse, les conditions de vie d'une famille à l'hôtel avec trois jeunes enfants, sans provoquer d'émoi ni de curiosité d'en savoir plus, m'appelle un jour, affolée. « Est-ce qu'il n'existe vraiment aucun moyen de les sortir de là ? » Elle s'était rendue à domicile pour relancer la mère qui n'amenait plus son fils depuis plusieurs semaines en consultation. Elle avait vu. Elle en était ressortie bouleversée.

Les hommes politiques, ça les horripile, ces gens qui défilent à leur permanence en quémandant un logement. Ils filtrent les rendez-vous. Ils chuchotent aux hôtesses :

« Si c'est pour un logement, qu'ils aillent voir l'assistante sociale. Elle fera un rapport. »

Les maires et leurs adjoints sont des hommes d'action, pas le mur des lamentations. Nous, on s'en fiche. On est là pour ça. Au début surtout, on les écoute avec compassion. On leur donne du temps et de l'attention. On les visite. On s'inquiète de leur santé, de leur travail, de leurs enfants… On fait le rapport. On l'envoie au maire, au député (tiens, c'est la même personne) puis encore au président de l'office des HLM (ah ben… c'est encore la même personne). C'est sa secrétaire qui le lit et nous renvoie à tous les coups une lettre type. Toujours identique, qu'on lui cause d'une famille qui vit depuis dix ans dans dix mètres carrés, ou d'un couple qui veut un quatre-pièces à la place d'un trois parce qu'il attend un deuxième enfant, et qu'il souhaite que chaque enfant dispose de sa propre chambre. À force, c'est lassant et attristant.

Et, plus que la lassitude, plus que la tristesse, c'est le dégoût qui vous prend. Pourquoi, à travers ces entretiens, fondés sur la relation, accepte-t-on de rendre plus doux le mensonge organisé par les institutions ? Pour quel bénéfice professionnel participons-nous si consciencieusement à ce jeu de dupes ?

Dans *Actualités sociales hebdomadaires,* à propos du saturnisme, « maladie des enfants pauvres et des habitations vétustes » due à une intoxication chronique de l'organisme par le plomb et dont les conséquences peuvent aller jusqu'à l'encéphalopathie et la mort, une collègue s'exprime ainsi :

« Il y a un gros problème de saturnisme actuellement à Paris du fait de l'insalubrité de certains logements. On va voir les familles. Les services PMI se mettent en branle : examen des peintures, examen des enfants. On constate. On fait un rapport. Et tout s'arrête là parce qu'il n'y a pas de possibilité de reloger les familles. En fait, on ne peut rien faire. On est les témoins du sordide. C'est frustrant, douloureux et ça met en colère. »

Oui, c'est ça, exactement. C'est frustrant, douloureux et ça met en colère.

Le maire non plus n'est pas content. Notre responsable de circonscription nous fait savoir qu'il l'a convoquée dans son bureau pour une explication. Il paraît qu'une dame s'est plainte à lui des dires de son assistante sociale. « Je ne peux rien pour vous. Le logement n'est pas en mon pouvoir. Seul le maire décide. » Qu'on tienne ces discours entre nous, elle le conçoit très bien puisque c'est une réalité qu'il est difficile d'ignorer. Mais qu'on adresse le même discours à la population, au risque d'être répété et de contrarier le maire, c'est de l'imprudence. D'autant plus fâcheuses, ces paroles irréfléchies, qu'il sait du même coup qui les a prononcées. Elle nous recommande d'avoir plus de retenue dans nos propos, de ne plus nous laisser aller à des emportements verbaux nuisibles à l'indispensable relation de confiance qu'un maire doit entretenir avec ses services.

Un soir, en rentrant chez moi, j'ouvre la radio. C'était une émission sur les sports d'hiver : les hébergements, les conditions d'accueil dans les stations, les animations proposées... Une promesse de dépaysement après une fin d'après-midi passée dans l'humidité des logements du quai. Une dame appelle :

« Bonsoir ! Oui madame, on vous écoute : posez votre question. Posez votre question, on vous écoute ! »

Elle ne posait pas de question. Elle venait simplement nous faire part de son mécontentement. Elle avait loué pour sa famille, cinq personnes au total, un studio dans les Alpes. De 26 m^2, le studio ! Elle en était revenue claquée. Véhémente, elle nous confiait qu'elle ne chausserait plus jamais ses skis à l'intérieur de nos frontières. Elle irait dorénavant en Autriche. Là, on avait le sens de l'accueil et le respect des gens. Eh bien, elle était comprise... Reçue cinq sur cinq. On ne la raillait pas de la rage qui lui venait de s'être sentie à l'étriqué pendant une semaine dans un studio tout confort au pied des pistes. On savait bien le manque d'égards vis-à-vis des vacanciers qui culmine dans certains hauts lieux enneigés.

Tout ça, parce qu'elle n'était pas obligée. Elle avait choisi de partir au ski. Elle aurait pu rester tranquillement chez elle dans sa belle maison qu'elle nous décrivait au passage entourée d'un grand jardin. Franchement, moi aussi je pose la question : était-ce vraiment humain d'obliger une famille, ayant dévalé les pistes de nos belles montagnes toute la journée et s'étant époumonée de tout cet espace, à se rétrécir ainsi le soir venu ?

Tandis que ceux qu'on voit, nous, vu qu'ils y sont contraints, ils y sont forcément habitués. Depuis le temps qu'ils sont là, à moisir avec leurs murs, ils ne risquent pas d'être affectés par des transitions brutales, propices au déséquilibre et à la déstabilisation psychologique des individus.

On a beau se dire : « Comment peut-on parler de la protection des enfants, de leur bon développement, de leur épanouissement affectif, du respect de leur intégrité physique et mentale lorsqu'on voit des familles entières qui vivent parquées dix ans et plus dans de véritables étouffoirs ? À quoi sert d'envoyer chaque année des rapports aux organismes d'HLM, aux responsables de la politique sociale, en portant à leur connaissance la situation, le danger que l'on pressent, le gâchis de santé et d'éveil des enfants que l'on perçoit, puisqu'ils sont classés sans suite ? »

Si ça brûle un jour, si un enfant meurt ou reste handicapé, on ne viendra pas vous chercher noise. Vous serez quitte de toute responsabilité, vous et tous ceux que vous aurez informés. Personne ne vous inculpera de non-assistance à personne en danger. Personne ne vous demandera : « Pourquoi ne pas avoir signalé la situation ? Vous étiez allée au domicile, vous aviez vu ! Vous étiez tenue d'en avertir votre hiérarchie ou les autorités administratives pour qu'elles puissent appréhender les risques encourus. » Au contraire même, si vous vous manifestez, comme l'ont fait en 1987 des collègues parisiennes, en signant, à titre privé, un tract demandant le relogement de familles sinistrées (après l'incendie de quatre hôtels où dix-neuf personnes, dont six enfants, avaient trouvé la mort), vous risquez la sanction disciplinaire. Un fonctionnaire ne doit pas trahir l'administration qui l'emploie. C'est un manquement à son obligation de réserve. À la Direction de l'action sociale-enfance et santé, la responsable hiérarchique départementale, qui lit habituellement sans sourciller tous les rapports réclamant d'urgence des solutions, aura eu un coup au cœur en reconnaissant à leur seule signature « ses » trois assistantes (une connaissance fine de ses agents, elle a, hein ?) et se sera empressée de leur obtenir avertissements et mutations.

Alerté par une collègue qui craignait pour la sécurité de deux enfants vivant avec leurs parents dans un immeuble délabré où l'escalier extérieur était si instable, si branlant, qu'il menaçait chaque jour de quitter la maison, un adjoint au maire lui répondit : « Bah ! C'est pire à Calcutta. »

Il n'avait pas dit ça de but en blanc, cet homme humaniste et chrétien. Il avait écouté, compatissant, la collègue qui craignait que la vie de deux enfants passe à travers les trous béants d'un escalier. De telles situations existaient encore ? Et dans sa commune en plus ! Tout de même. Il en était sincèrement étonné, profondément choqué. Mais sa fonction et sa raison lui avait commandé de se tenir à distance de cette réalité abrupte et blessante. C'était pire à Calcutta. Seigneur ! La misère du monde était si grande qu'il n'était peut-être pas nécessaire de le déranger chaque fois. La collègue avait compris qu'elle se trouvait comme à l'accoutumé seule face à l'urgence et au manque. À son retour, elle avait simplement prévenu l'équipe : « N'allez pas voir l'adjoint au maire, ça ne sert à rien ! »

Non, là, malgré la menace avérée, personne ne critiquera votre manque de vigilance, la frilosité de vos interventions. Personne ne vous reprochera de ne pas être suffisamment sensible à la détresse des enfants, de mal la repérer, de ne pas savoir en apprécier les conséquences pour leur avenir.

Personne ne vous dira comme les juges du tribunal correctionnel d'Auch qui ont condamné, pour non-dénonciation de crime, des collègues coupables, dans l'affaire du viol d'une fillette de neuf ans, d'un retard de signalement judiciaire* : « Mais qui êtes-vous pour vous croire au-dessus des lois ? »

En revanche, si telle mère ou tel père, pour une raison d'énervement comme une autre, dans ces conditions de vie absurdes, envoie une gifle à son gamin et qu'il se ramasse (vu les distances à parcourir, la probabilité est solide) le mur d'en face, les barreaux du lit, la bouteille de gaz, eh bien alors, il faudra vite signaler pour que cessent cette violence insoute-

* Qui ne pouvait avoir laissé l'enfant en danger puisque, immédiatement après les faits, le viol était connu et l'enfant hospitalisé.

nable, ces actes monstrueux qui mettent les enfants fragiles et sans défense aux prises d'adultes sadiques et barbares.

Peut-être ce jour-là, je n'aurai plus le courage de la dénonciation. J'aurai l'impression d'une délation préméditée. Je le dis maintenant, pour qu'on ne m'adresse pas par la suite des discours hautement moraux sur l'intérêt supérieur des enfants qu'il est de mon devoir de faire respecter, pour que l'on n'accuse pas mon silence d'avoir maintenu et conforté des familles dans une logique de maltraitance.

Je le dis maintenant pour qu'enfin on y réfléchisse avec moi.

« Pour l'enfant, se mouvoir est un besoin fondamental, aussi fondamental que manger et dormir. Son développement physique et intellectuel en dépend car le mouvement, avant qu'il ne devienne automatique, exige des coordinations musculaires, une activité cérébrale intense. Aussi l'agitation des enfants est une recherche, non seulement du monde extérieur, mais aussi de leurs propres potentialités... En réduisant son champ d'expérience, nous entravons le développement de son intelligence, nous l'encourageons à réprimer l'expression naturelle de ses émotions », écrit Thérèse Bertherat dans *Le corps a ses raisons*. En lisant ces lignes et en voyant l'apathie de certains enfants qui vivent confinés dans une pièce d'habitation plus exiguë et plus surpeuplée qu'une cellule de prison, j'en arrive à me dire que, remuants, ils prendraient certainement des claques mais s'en porteraient moins mal.

Mais notre législation sur la protection de l'enfance n'admet comme menace pour le développement physique, affectif et intellectuel des enfants que les fautes et les manquements parentaux.

La maltraitance d'un enfant est devenue aujourd'hui tellement insupportable qu'on l'extrait, on l'extirpe, on l'arrache à tout ce qui l'a fait naître, grandir, dégénérer pour ne plus voir que des parents bourreaux et des enfants victimes. Après que les enfants les plus abominablement battus, violés, ont fait, encore tout sanguinolents, la une des journaux et que leur sort a ulcéré l'opinion publique, on emballe proprement le paquet pour le disséquer au loin dans des colloques de spécialistes.

On s'alarme à juste titre de la maltraitance et des abus sexuels. C'est vrai qu'il n'y a aucune raison de taire ou de minimiser les violences quotidiennes qui détruisent des vies d'enfant. Que ces questions taboues dépassent les milieux professionnels, que la société tout entière ose en débattre, confronte ses points de vue, ne laisse plus les travailleurs sociaux aborder seuls des situations aussi complexes et douloureuses, amènera forcément une plus grande finesse dans leur appréhension, une plus grande intelligence dans leur traitement, au final, une meilleure protection des enfants.

Il est vrai aussi qu'encore une fois, ce sont les associations, jugées par nombre de professionnels inefficaces et travaillant dans l'immédiateté et l'affectivité, qui ont su alerter à la fois l'opinion et les pouvoirs publics. Comme elles ont su les alerter ces dernières années, en mettant en cause la dignité d'une société qui laissait des gens sans nourriture alors qu'on en détruit des tonnes pour cause de production surabondante, sans droit aux soins alors que l'on dispose d'un des systèmes de santé les plus élaborés au monde, sans aucunes ressources tandis que la richesse nationale s'accroît et que le chômage de longue durée s'aggrave.

Ces manques auraient pu nous crever les yeux, à nous assistantes sociales de secteur, qui nous colletons quotidiennement avec. Ils auraient pu nous forcer à réagir si trois années de formation centrée sur la personne, et privilégiant l'approche éducative, ne nous donnaient à chaque fois la certitude de la responsabilité individuelle dans le malheur commun, si le manque d'indépendance vis-à-vis des pouvoirs en place, l'absence d'organisation professionnelle représentative et le culte du secret professionnel ne nous enfermaient pas toujours dans le silence.

Mais dans la maltraitance des enfants, on a expliqué la non-intervention des travailleurs sociaux dans certains cas par une contre-attitude : cette violence faite à l'enfant serait si insupportable qu'on préférerait ne pas la voir. Inconsciemment, elle nous renverrait à la part d'enfance en souffrance qu'il y a en chacun de nous. Ou encore, nous continuerions de fonctionner sur le mythe ancien de la bonne mère, béatifiant les liens du sang, privilégiant la famille naturelle au point d'envoyer ses enfants à la catastrophe. Ou encore, nous nous identifierions à l'enfant meurtri qui se tait ou à son parent maltraitant que nous ne pouvons alors dénoncer... Ou encore, la fascination ressentie devant l'horreur paralyserait notre action, etc.

Sans doute y a-t-il du vrai dans tout cela mais surtout, plus simplement et plus fondamentalement, la misère d'un enfant va avec la misère tout court. Comme le disent certaines collègues : « Il est comme ses parents, maltraité par la vie. » Tout tient ensemble, tout se mêle au décor : les manques d'argent, une insécurité chronique, un habitat dégradé, la souffrance et l'humiliation d'être là, le dénuement culturel, la brutalité de langage et de geste, les perturbations affectives et les échecs répétés. Et le problème principal de la protection de l'enfance naît bien de cet enchevêtrement des conditions sociales d'existence et des comportements.

Sauf violence caractérisée, dans un milieu qui laisse à l'enfant peu de possibilités d'épanouissement et d'éveil, où les parents répondent mal à ses besoins, à ses attentes, à sa prodigieuse vitalité, il est souvent bien difficile de discerner ce qui relève de la pauvreté sociale qu'il faut tenter de soulager (et avec quels moyens encore ?) de ce qui relève d'une perturbation de la relation qui met l'enfant en réel danger, qu'il faut dénoncer aux autorités judiciaires.

Bien sûr, qu'on ne maltraite pas son enfant parce qu'on est chômeur ou mal logé ! Loin de là même. Et nous sommes souvent profondément admiratives devant des hommes, des femmes qui assument au mieux leurs responsabilités parentales dans des conditions si propices à la dégradation des liens affectifs et à la violence. « Comment font-ils ? se dit-on, épouvantée, en sortant de chez eux. Je ne pourrais pas, je n'aurais pas leur courage, je n'aurais pas leur patience. » Bien sûr, les milieux défavorisés n'ont pas l'exclusivité des brutalités familiales ! Des situations existent dans d'autres catégories sociales. Soit ! De là à ériger les exceptions en règle, en répétant que la maltraitance se retrouve indifféremment dans toutes les couches de la société, il y a un pas lourd de sens et d'hypocrisie.

« Le juge des enfants est le juge des pauvres et des marginaux », dit Jean-Pierre Rosenczveig, directeur de l'Institut de l'enfance et de la famille, ancien juge des enfants au tribunal de Versailles.

« En 1988, 340 enfants ont été signalés en danger dans le XVIIIe arrondissement de Paris, contre 18 dans le XVIe. Dans 90 % des familles signalées dans le Nord de la France, le père est chômeur », dit le juge Chaillou, premier juge des enfants au tribunal de Paris.

Une collègue, qui a travaillé en AEMO judiciaire dans le XVIe arrondissement, n'a connu en effet de ce beau quartier que les escaliers de service et les chambres de bonnes. Des chambres où souvent une famille entière dormait dans un seul lit. Certes une fois, il lui était venue aux oreilles l'histoire d'un adolescent, fils d'un acteur célèbre, pour qui le juge avait prononcé une mesure d'AEMO. Une mesure qui n'avait pas été tenue. Pour ma part, en douze années de pratique professionnelle, je n'ai encore jamais vu signaler au juge une famille non connue préalablement de nos services.

Sur les huit familles de mon secteur signalées ou passées en commission d'évaluation ces deux dernières années, se trouvent :

– une mère seule, chômeuse de longue durée, élevant sa fille de quinze ans dans une pièce de 8 m^2 sous-louée, et aménagée dans un grenier ;

– une mère seule, RMiste, élevant son fils âgé de six ans dans une pièce de 10 m^2 sans confort ;

– un couple où le père est chômeur de longue durée, élevant trois jeunes enfants de sept, quatre et deux ans dans deux petites chambres d'hôtel insalubres et sans aucun confort ;

– une très jeune mère de dix-sept ans, RMiste, qui depuis la naissance de son bébé va d'hébergement provisoire en hébergement provisoire ;

– un jeune couple avec deux enfants de quatre et un ans logés dans un trois-pièces d'HLM. Tous les deux travaillent comme ouvriers et sont menacés dans leur emploi ;

– une jeune femme dont l'ami travaille comme ouvrier, vivant avec un enfant de trois ans dans une chambre d'hôtel insalubre et sans aucun confort ;

– une jeune femme enceinte, sans hébergement, RMiste. Seule avec un enfant de six ans. L'enfant a été placé à l'Aide sociale à l'enfance et la mère en foyer maternel ;

– une mère seule, femme de ménage, vivant en HLM et élevant trois enfants.

Si, comme on le dit, on maltraite ses enfants dans tous les milieux sociaux, qui connaît les autres, qui les suit, qui s'en occupe ? Pourquoi les affirmations restent-elles gratuites, les statistiques muettes à ce sujet ?

Déjà, pour la maltraitance en général, on nous dit qu'il y a en France 50 000, puis 100 000, puis 150 000, puis 300 000 enfants battus mais que ce sont des extrapolations faites à partir de cas recensés, il y a plusieurs années, dans deux départements. Des chiffres fiables sont-ils si difficiles à obtenir sur une population dont une large partie est totalement connue, prise en charge administrativement, judiciairement, où interviennent parfois trois à quatre travailleurs sociaux, où les enfants sont recueillis dans des institutions de l'Aide sociale à l'enfance ? Il ne manque pas de travailleurs salariés pour produire du chiffre.

Il est vrai que les statistiques, on ne les rend pas souvent. On exècre cette tâche ingrate et ennuyeuse. L'individu est unique. La relation que l'on entretient avec lui est personnalisée, même si « elle est avant tout technique et que l'on a évacué tous les mécanismes affectifs ». Le client, objet de toute notre sollicitude, on ne le supporte pas mis en croix dans de petites cases.

De toutes les façons, la catégorie socioprofessionnelle n'apparaît jamais, pas plus que les réponses ou les non-réponses apportées aux problèmes posés. Comme cela, on est tranquille, on reste dans le domaine béni et impénétrable de la relation au client.

Au cours d'une journée de formation, les services judiciaires spécialisés dans les « familles à transactions violentes », qui clament haut et fort que la maltraitance n'a rien à voir avec le milieu social, reconnaissent qu'à eux non plus, les juges ne leur confient jamais la prise en charge des familles. Pourtant, à les entendre, c'est certainement dans les belles citadelles familiales que l'on fait disparaître le plus d'enfants. Quand on ne les enferme pas dans des institutions psychiatriques grâce à des complicités médicales, on les expédie à l'étranger comme pensionnaires d'institutions pour gosses de riches. Ces mêmes services, pour illustrer concrètement leurs modes d'intervention nous exposent des situations qui parlent toutes de chômage, d'accident du travail, de surpeuplement, d'alcoolisme, de couples défaits, de placement et d'échec scolaire, d'isolement familial et de déracinement culturel. Des situations tellement identiques aux nôtres que nous sommes plusieurs à nous demander ce que nous apprennent de telles séances d'information.

Malgré tout, nous ne sommes pas les dernières à nous couler dans le discours des autres, en totale contradiction avec la réalité. Cette réalité du terrain que nous revendiquons pourtant si souvent entre nous. Je questionnais ma responsable, qui faisait des signes d'acquiescement lors de cette conférence où il était rappelé que la violence familiale concerne tous les milieux sociaux :

« Combien de fois, toi qui transmets depuis cinq ans tous les signalements, as-tu vu une famille dite "favorisée" maltraiter ses enfants ?

– Je n'en ai vu aucune, mais ça peut arriver ! »

Pourquoi taire que pauvreté et maltraitance se conjuguent presque toujours puisque nous en sommes professionnellement témoins ? Pourquoi ? Parce qu'un désir profond nous tenaille : ne plus être assimilées à la population que l'on

« traite » et qui « dévalorise notre fonction ». « Élargir notre clientèle pour changer d'image. » Donc, on s'en invente d'autres qui ne seraient pas dans le besoin pressant d'argent, de nourriture, de papiers à remplir, d'huissier à repousser, de coupure d'EDF à éviter, d'expulsion à retarder, de logement HLM à obtenir, d'allocation à faire débloquer. On voudrait oublier un peu ceux qui, comme les murs, suintent une sinistre odeur de mort à force de s'encrasser la tête de leurs idées noires, de s'écorcher le cœur des brisures de leur vie. On voudrait de temps en temps une belle clientèle, aux ongles faits, charmante et attentive, qui viendrait prendre notre avis sur la création d'une association de quartier ou d'un nouveau mode de garde. Toute chose qu'on saurait également dire. On les accepterait aussi avec quelques soucis conjugaux, ou dans l'éducation d'un enfant, mais, si possible, ponctuels comme des petits nuages sur des vies légères. Mais, ces belles personnes ont des amis, des téléphones, des minitels, des relations et des dîners en ville.

Si, par extraordinaire, il s'en aventure une dans notre service, sans l'avoir confondu avec la Sécurité sociale située juste à côté, c'est que l'autre, sa moitié prestigieuse, le médecin, l'avocat, l'ingénieur, l'a salement laissée tomber. Elle vient, par exemple, demander un logement en dépannage pour elle et ses enfants. Elle tente sa chance mais comprend vite que ce n'est pas de nous que viendra sa solution.

En octobre 1989, Frédéric Potcher, ancien chroniqueur judiciaire, rappelait sur France Inter que les femmes sont autrement moins criminelles qu'elles ne l'ont été dans l'histoire. Seulement deux cents femmes actuellement en France purgent des peines supérieures à un an de prison. Les autres sont traduites en justice pour des petits délits : vols, vagabondage...

Si la violence familiale tue de six à sept cents enfants par an, « ces chiffres, les seuls connus, sont, on en est certain, très en dessous de la réalité », croit même bon d'ajouter un journaliste du *Monde de l'éducation*. Comment se fait-il qu'il y ait si peu de condamnations ? Tant de crimes de sang peuvent-ils être commis sur des enfants sans que leurs auteurs en soient punis ?

Les présomptions, les doutes ne servent-ils pas à ouvrir des enquêtes ? Et si les indices sont insuffisants pour entamer des poursuites judiciaires, à partir de quoi forge-t-on ces chiffres ? Car 90 % des cas de sévices et de mort d'enfants échappent à tout regard, nous dit-on. Alors, comment fait-on pour les dénombrer ?

La maltraitance prend des formes si multiples, si diverses, qu'on peut à partir d'une estimation l'extrapoler, la multiplier à l'aveuglette. Une collègue a entendu à la radio assimiler à de la maltraitance un trop grand nombre d'activités données aux enfants le mercredi et pendant les vacances scolaires. Et « un enfant trop choyé peut être aussi un enfant maltraité ». De toute façon, ce sont des formes de maltraitance que nous ne rencontrons pas, donc que nous ne signalons pas. Mais la mort ? Troublants, les chiffres avancés.

Pourquoi, lorsqu'il s'agit d'atrocités ou de souffrance humaine, toujours donner dans l'ampleur, comme si l'ampleur seule leur donnait réalité ? À écouter les statistiques s'ajouter les unes aux autres, on en vient à se demander s'il existe encore dans notre société des individus qui ne soient pas drogués, délinquants, violés, illettrés, affamés, battus à mort... Curieuse, cette société prospère et développée qui ne cesse de se projeter avec complaisance dans la noirceur sans toujours toutefois chercher remède à des problèmes bien réels et bien visibles.

Autrefois, des gosses de l'assistance, il y en avait plein les campagnes, à quelques centaines de kilomètres de Paris. Mais personne n'y pensait.

Pourtant, ils n'auraient pas dit non, les enfants, qu'on vienne les chercher, de temps en temps, pour leur montrer, par exemple, la belle cité où ils étaient nés et d'où on les avait provisoirement retirés.

Ça les aurait changés des vaches à garder sur le chemin de l'école buissonnière, des écuries à curer, du fourrage à transporter, du bois à casser, des dalles du grand café à nettoyer chaque matin à grande eau, avec des brosses de chiendent, pour qu'elles resplendissent comme les sous neufs que les hommes du village viendraient faire tinter sur le zinc après le travail.

Ils les verraient bien ces pièces brillantes derrière le comptoir en essuyant les verres mais avec l'interdiction d'y toucher, même pour les ranger soigneusement dans le tiroir-caisse. Des fois que leurs mains, mues par des réflexes héréditaires, aient des gestes déplacés. Tandis qu'avec des chiffons à poussière, des serpillières, des seaux et des balais, on pouvait les laisser en confiance. Ça n'avait jamais desservi personne de savoir torchonner.

Ils seraient d'autant plus facilement partis en promenade que, dans la voiture de leur famille nourricière, il n'y avait pas de place pour eux, lorsqu'elle sortait le dimanche. On ne les laissait pas choir pour autant. On leur désignait les petites besognes habituelles. De quoi occuper sagement leurs mains et se rappeler chaudement à leur souvenir.

Ces enfants-là, nés de rencontres malencontreuses, de solitude, de hasard sans nécessité étaient entrés dans la vie par erreur et ne trouvaient leur place nulle part. Enfants de personne ils étaient, enfants de personne ils restaient. La malchance les tenait. Le bon air n'arrangeait rien. Tenez par exemple : lorsqu'il y avait des baptêmes, des communions, des tueries de cochons, des réjouissances communautaires, la famille, les voisins, les amis s'entassaient joyeusement à vingt, à trente dans la salle commune. Pour s'asseoir, on démontait au besoin une porte, on prenait des billots de bois, on retournait des seaux... La guigne voulait toujours qu'il manque quelques places et que ce soient les leurs.

On les installait, autour de la porte d'un vieux four, dans une pièce attenante. Une jolie petite table rien que pour eux, bien à l'abri des voix, des regards et du bonheur du jour.

Parfois, ils restaient là toute leur vie. Des commis de ferme tellement discrets que, lorsqu'ils étaient trop vieux pour travailler, aucune caisse de Sécurité sociale ne se souvenait d'eux.

Ils n'avaient pas eu d'existence propre. Pas de vie sociale ou administrative. Pas de courrier, pas de quittance de loyer. Aucune note de gaz ou d'électricité. Pas de carte d'immatriculation. Parfois pas même de carte d'identité. On avait, avec les années, fini par oublier leur nom. On les appelait « le Jojo du Père Brisard », ou « Papillon ». Papillon ? Allez savoir pourquoi. Personne ne se le rappelait dans le village. Peut-être une histoire d'enfance ?

Donc, en ces temps anciens de quatre ou cinq décennies seulement, les campagnes reculées étaient pleines d'enfants délaissés, juridiquement abandonnés, légalement adoptables mais que personne ne réclamait. À cette époque, on ne les différenciait pas de leurs milieux sociaux d'origine. Si les pères et les mères étaient « veules » et « ivrognes », les enfants étaient eux « vicieux » et « difficiles ».

« Les chiens ne faisaient pas des chats. »

À part ceux qui gagnaient leur vie avec et qui s'y attachaient parfois comme à leurs propres gosses, personne n'avait l'idée d'élever cette mauvaise graine. Les hommes et les femmes en mal d'enfant allaient chercher loin un enfant propre : un enfant de la guerre ou de la famine.

Les temps ont changé.

La pénurie d'enfants adoptables leur a donné une valeur inestimable. Maintenant que le désir de ceux qui pourraient tout leur donner s'est enfin posé sur eux, on enrage de les découvrir attachés par de fragiles liens familiaux. C'est devenu un insupportable gâchis de laisser ces êtres merveilleux et rares à des adultes ignobles et brutaux dans leur comportement et leur manière de vivre. « C'est donner de la confiture aux cochons. »

« Qu'on rompe ces liens artificiels pour les remplacer par ceux plus humains et plus justes qui unissent les enfants à ceux qui partagent leur vie. »

« Seule l'adoption présente une alternative aux mauvais traitements. »

« Le consentement à l'adoption vaut mieux que le recueil temporaire. »

Sous prétexte de lutte contre la maltraitance, certains membres d'œuvres d'adoption privées aimeraient bien organiser un rapt d'enfants en faveur de belles, bonnes et sécuritaires familles. Un rapt légitimé par l'ignominie des parents naturels et légalisé par des décisions judiciaires de retraits, d'abandon, de déchéance parentale. L'adoption est soudainement devenue l'unique voie de salut pour les enfants en difficulté dans leur famille naturelle. À ceux qui doutent, on rétorque qu'il n'est pas juste qu'un enfant ne soit pas bien traité, soigné, assisté, aimé par une famille. Où a-t-on vu que la vie était juste et comment exiger d'elle qu'elle le soit ?

Nous, les travailleurs sociaux qui nous prévalons d'« être proches des usagers, d'être en contact, à l'écoute, de respecter leur demande, d'œuvrer pour leurs intérêts, d'avoir leur confiance, de faire remonter leurs besoins… », nous nous sentons mal à l'aise vis-à-vis de ces propos. Même si notre discours professionnel repose sur peu de réalités concrètes, il nous légitime et nous aide à accepter une confrontation parfois dure avec ces familles.

Si on nous demande de dénoncer systématiquement les faits connus dans la population que nous sommes censées promouvoir et de continuer à taire les agissements discriminatoires et inhumains commis à leur encontre ou, plus fréquemment encore, notre impuissance à les aider, l'équilibre risque d'être rompu.

Cet équilibre qui se fait entre l'obligation de réserve et le secret professionnel. Cet équilibre qui donne à la profession cette tonalité de discrétion exemplaire, ces discours obscurs et ces pratiques insaisissables.

Les cas de sévices, d'abus sexuel ou de négligence grave sont rares. Ces faits divers dramatiques font bien sûr la une des médias mais fort heureusement pas le quotidien du travail de protection de l'enfance. Le plus souvent, les familles signalées sont des familles en difficultés multiples où les enfants grandissent mal, faute d'adultes capables de leur apporter un accompagnement affectif et éducatif suffisant.

Sur seize familles signalées ou passées en commission d'évaluation pendant l'année 1990, on trouve neuf mères seules avec principalement des garçons à élever.

Le comportement de ces enfants observé à l'école est, dans la majorité des situations, l'élément déclencheur du signalement.

Les enfants sont décrits comme remuants, insolents, se livrant à des vols, des rackets, des dégradations au sein de l'école. Sur le plan scolaire, ils sont faibles et manquent de concentration.

Les mères sont vues comme immatures, apathiques, inaffectives, peu communicatives, dépassées par les problèmes d'éducation, manquant d'autorité sur leurs enfants qu'elles laissent livrés à eux-mêmes, sans leur imposer de limites.

Les pères apparaissent comme absents ou démissionnaires. Parfois détenteurs d'une autorité brutale contre laquelle les enfants à l'adolescence se rebiffent.

Dans une famille, il y a eu violences caractérisées. Dans une autre, suspicion de violences sexuelles. Pour les autres, c'est le comportement de l'enfant et, en face, l'incapacité des parents à l'aider à dépasser ses difficultés qui inquiètent.

Au moment de leur passage en commission d'évaluation, douze des seize familles sont aidées financièrement car elles ne peuvent seules subvenir aux besoins des enfants. Huit vivent dans des lieux insalubres ou surpeuplés. Trois sont en instance d'expulsion de leur logement. Comme on le voit, ces familles sont largement connues des services sociaux (mais aussi des services de police, de préfecture...). Ce ne sont pas leurs difficultés éducatives qui nous les font découvrir. Elles sont aussi très bien connues du service de l'Aide sociale à l'enfance (ASE) qui, à la fois, attribue des aides sous forme de secours d'urgence ou d'allocations mensuelles et transmet au juge les signalements d'enfants en danger. Là encore, des statistiques fiables ne devraient pas être si difficiles à constituer.

« 90 % des enfants à risques – enfants non encore victimes de mauvais traitements mais dont la fragilité et les perturbations du milieu de vie font craindre pour leur développement ultérieur – sont connus des intervenants sociaux et médicaux de secteur », constatait il y a quelques années, après une recherche-action, une équipe de pédiatrie de l'hôpital Trousseau.

D'ailleurs, 94 % des familles dont on place les enfants sont connus des intervenants sociaux de secteur, indique notre département, lors de la présentation du schéma départemental.

C'est encore à ces mêmes pourcentages qu'arrive le Numéro vert national après avoir fait l'analyse des signalements qui lui ont été transmis pendant les six premiers mois de fonctionnement.

« 90 % des situations signalées sont des situations chroniques pour lesquelles les appelants estiment la protection de l'enfance insuffisante ou inefficace. » Peu importe d'ailleurs les chiffres et les résultats du Numéro national puisque notre département a décidé d'avoir son propre service « SOS enfance en danger » et d'y employer huit personnes.

Suite à sa mise en place, notre responsable nous demande de bien vouloir nous organiser, pour être prêtes

1) à recevoir à tour de rôle de 9 heures à 18 heures tout appel téléphonique provenant de ce service ;

2) à effectuer sur la journée et par équipe de deux des visites dans les familles signalées.

C'est au secteur que les signalements seront retransmis car le personnel éducatif de l'ASE n'est pas habilité à pénétrer au domicile d'une famille sans son autorisation préalable. Au moins, il ne sera pas dit que nous, les polyvalentes spécialisées en rien du tout, ayons été écartées d'un type quelconque d'intervention sociale.

Mais que d'empressement, alors que nous restons dans l'ignorance totale des suites données par le juge à certains signalements effectués en urgence des mois auparavant !

Le juge a certainement des raisons de ne pas se saisir, mais pourquoi n'en donner aucune explication ? La greffière, débordée par son travail, ne répond pas au téléphone, nous renvoie sur les roses et sur le service de l'Aide sociale à l'enfance par l'intermédiaire duquel nous avons transmis le signalement. C'est à l'inspectrice de l'Aide sociale à l'enfance de nous tenir informées. Mais celle-ci avoue à son tour son ignorance. Lorsqu'une mesure d'observation, une enquête sociale ou une mesure d'éducation surveillée est déclenchée, elle n'en est pas informée.

Elle ne reçoit la fiche navette mentionnant la décision prise que dans trois cas de figure seulement :

– lorsque l'enfant est confié à son service en vue d'un placement ;

– lorsqu'il est placé directement par le juge dans un établissement relevant de l'Aide sociale à l'enfance ;

– lorsqu'il bénéficie d'une mesure d'assistance éducative.

Autrement dit, chaque fois que l'Aide sociale à l'enfance finance la mesure.

Dans les autres cas, l'information est transmise uniquement aux services mandatés qui, eux aussi, ne nous joignent parfois que plusieurs mois après parce que la famille est fuyante, qu'ils n'arrivent pas à la contacter, qu'ils ont besoin d'informations complémentaires pour rendre leur rapport au juge… Donc, au secrétariat de l'ASE de téléphoner régulièrement pour tenter de connaître les suites données aux signalements. Cette quête téléphonique, qui peut durer des mois, auprès de greffières surchargées et peu enclines à répondre est, aux dires des personnes qui s'y emploient, une tâche particulièrement rebutante.

Lors de la création du Téléphone vert, les médias ont rappelé que dans tous les cas les auteurs de signalement seront avertis des actions enclenchées et des mesures prises. L'installation d'un dispositif dans notre département, s'il n'apporte à notre connaissance qu'exceptionnellement des situations nouvelles, permettra-t-il que les services sociaux ne fassent plus exception à cette règle de retour d'information ?

Qu'invente-t-on de nouveau au titre de la prévention ?

M. Léon Schwartzenberg, chantre de la « société humaine » qui nous traite au passage d'un autre livre* d'imbéciles et de salauds (cela commence bien !), propose que tous les enfants soient accueillis obligatoirement, dès deux ans, à l'école maternelle afin de les avoir à l'œil, qu'ils n'aillent pas chez eux prendre des bleus.

« Cependant, si quelques familles plus favorisées souhaitent garder leurs enfants à domicile, une visite médicale attentive pourra leur permettre. »

Ouf ! Pas de risque pour la grande majorité des familles plus favorisées d'être sanctionnées pour non-présentation d'enfant à l'école dès deux ans.

On voit tout de suite à quelle population cette bienveillante mesure d'autorité s'adresse.

La prévention dans son ensemble, que se soit celle pensée par M. Léon Schwartzenberg ou, plus officiellement, celle élaborée par les responsables de la politique sociale, n'est que suspicion généralisée : sensibiliser les professionnels et l'opinion publique à la maltraitance, pour mieux la repérer et la signaler, cerner des situations familiales critiques, ficher des enfants à risque, dépister des populations cibles, détecter des situations inadaptogènes au moyen de grilles d'observation faites pour affûter l'attention du professionnel et l'alerter sur les faits, les gestes qui peuvent traduire, de façon anodine, les futures perturbations de la relation et la possible maltraitance. Pour être sûr de ne laisser passer personne à travers les mailles du filet, on en arrive à vouloir interroger chaque femme enceinte pour savoir si elle désire réellement son enfant. On conseille aux maires d'informer les services sanitaires et sociaux de leur commune de tout décès d'enfant de moins de six ans. On nous signale aussi toute famille où naissent des prématurés ou des jumeaux, pour que des visites systématiques soient déclenchées dès le retour de maternité. On nous donne des recommandations afin d'observer, pendant

**Cf.* préface de *L'Enfance brisée,* de Simone Chalon.

les visites à domicile, le type de regard que la mère adresse à son enfant, de mesurer, sans en avoir l'air, le temps pendant lequel ce regard s'attendrit, s'épanche, houspille ou blesse le petit.

Et pendant ce temps, dans notre service, la commission d'évaluation se réunit, comme chaque mois, sous la responsabilité conjointe de la responsable de la circonscription sociale et du médecin intersecteur de la protection maternelle et infantile (PMI) pour examiner les situations d'enfants en danger. Y participent les membres de droit, présents dans toutes les commissions (un représentant de l'Aide sociale à l'enfance, le médecin scolaire, l'assistante sociale scolaire), et pour chaque situation, sur proposition du travailleur social qui saisit la commission, tous les professionnels qui connaissent la famille (puéricultrice, enseignant, travailleuse familiale, médecin, psychologue, etc.). Après l'évaluation des risques encourus par les enfants, la commission décide soit de poursuivre le suivi social en mettant en œuvre, au besoin, de nouveaux moyens pour aider la famille à faire face à ses difficultés (intervention d'une travailleuse familiale, orientation vers un soutien psychologique...), soit de signaler la situation au juge.

Une des situations les plus préoccupantes débattue ce jour est celle de la famille Myriam. Il s'agit d'un jeune couple avec trois enfants, une petite fille de trois ans et deux jumeaux qui viennent de naître très prématurément avec des poids de naissance de 1,850 kg et 1,650 kg. Ils sont hospitalisés, depuis plusieurs semaines, dans un centre de néonatologie. Un des bébés est en réanimation. L'autre est maintenant sortant. Mais les conditions de vie familiale sont si dégradées qu'elles ne permettent pas d'envisager le retour des jumeaux au domicile, sans risque grave pour leur santé. Et la proposition d'un accueil temporaire à la pouponnière de l'Aide sociale à l'enfance a été catégoriquement refusée par les parents. Que faire alors des bébés ? La commission est réunie pour en débattre et tenter de trouver des solutions.

Le couple habite une pièce de 25 m² dans un ancien hôtel meublé. Ce n'est pas l'exiguïté du logement qui est la source principale d'inquiétude, mais sa totale insalubrité. Les murs sont noircis de salpêtre et une forte condensation apparaît sur les vitres. Le logement est infesté de rats et de cafards et la travailleuse familiale qui intervient dans la famille a fait appel au service d'hygiène pour qu'une désinfection ait lieu. Elle a aussi fait acheter des bombes désinfectantes et coller du papier d'aluminium sur les parois suintantes, mais l'humidité et les cafards reviennent.

La petite Noëmie, âgée de trois ans, a des infections rhinopharyngées à répétition et des problèmes respiratoires liés à cet environnement continuellement vicié. L'enfant dort en période de crise chez une assistante maternelle.

Les problèmes de logement de cette famille remontent à 1980, date de leur emménagement dans la commune. En 1984, elle dépose une demande de logement. Auparavant, elle ne le pouvait pas puisque le service municipal n'acceptait que les dossiers pourvus de la taxe d'habitation des trois dernières années. Suite à la naissance de Noëmie, les organismes de logement et la Caisse d'allocations familiales sont alertés dans un rapport où sont évoqués les problèmes de santé de l'enfant, la présence de vermine, les conditions d'humidité extrême du logement. Chaque fois, un certificat médical descriptif est joint au rapport social. En 1988, un logement plus grand se libère dans le même immeuble. Comme il est plus cher, la famille se renseigne auprès de la Caisse d'allocations familiales pour connaître le montant de l'allocation logement qui lui sera accordée. Ils apprennent avec désolation que ce logement ne leur permettra pas d'ouvrir droit à cette prestation. Il est encore trop exigu. Les ressources du foyer, bien que régulières, sont modestes. La mère est OS en blanchisserie, le père est au chômage, après une période de longue maladie suite à un accident du travail. Son état de santé est considéré comme stabilisé par la Sécurité sociale mais il souffre, aux dires de son médecin traitant, d'une forte démoralisation. La famille craint de ne pouvoir s'acquitter seule de ce nouveau loyer et renonce à son projet de déménagement.

En 1990, la naissance de jumeaux très prématurés et très fragiles vient aggraver une situation déjà invivable.

Après discussion, la commission d'évaluation décide qu'un rapport commun sera envoyé à la mairie et à la cellule logement du département pour qu'un hébergement ou un relogement soit proposé d'urgence. En attendant, comme l'idée du placement semble insupportable à la famille, l'hôpital gardera les bébés. Le rapport met en avant les difficultés d'instauration d'une relation positive et chaleureuse entre une mère et un enfant si cette relation est cassée par une séparation peu après la naissance. Des difficultés multipliées en cas de prématurité et de gémellité. Il insiste sur le grand désarroi des parents acculés au placement des enfants en raison de leur manque matériel.

Dans les semaines qui suivent, Christine, qui a la famille en charge, s'inquiète de plus en plus : devant la mère, à bout de courage, qui vient plusieurs fois par semaine, en pleurs, lui exprimer sa détresse. Devant le père qui semble s'enfoncer dans l'apathie.

« Tous les clignotants indicateurs de risque sont au rouge, la gémellité, la prématurité, les conditions de vie très défectueuses... », répète-t-elle au téléphone à la trentaine de foyers qu'elle contacte de son côté, pour tenter d'obtenir une admission en urgence de la famille.

Les réponses des institutions interpellées parviennent peu à peu au service.

La cellule-logement, qui examine non seulement toutes les demandes de logement social mais aussi toutes les demandes d'hébergement dans les structures d'accueil du département, répond qu'elle se préoccupe de la situation mais que, faute de place, elle ne peut présentement apporter de solution.

Le maire répond : « Je ne perds pas de vue sa demande puisque je suis intervenu à plusieurs reprises en sa faveur et je ne manquerai pas de vous tenir informé de tout nouvel élément s'y rapportant. »

Les autres structures d'accueil contactées sur Paris ou sur les départements limitrophes se déclarent complètes ou mettent la candidature en attente.

Voilà, nous vivons dans un beau pays : quatrième puissance économique de la planète avec une prospérité qui continue de croître chaque année. Un pays démocratique, attaché au respect des droits de l'homme, qui reconnaît le logement comme un besoin vital, le proclame « droit fondamental ». Nous sommes employées par un département qui s'enorgueillit d'être le plus riche de France, qui répète à l'envi qu'il détient, à lui seul, l'équivalent du PIB de la Grèce, qu'il est avec ses 1 400 000 habitants le trente-sixième état économique du monde. Nous travaillons dans une commune qui vante l'augmentation constante de son budget – pancarte en grand et en couleur –, le dynamisme, le nouvel art de vivre de sa cité. Une ville qui, pendant la guerre du Golfe, a su aménager dans des parkings un abri antiretombées atomiques capable d'accueillir 2 800 personnes ! Hélas, face à une situation de détresse aussi douloureuse que celle de la famille Myriam, l'État, le département, la commune n'ont que des réponses d'impuissants, ou encore, des querelles entre eux :

« Que l'État racketteur agisse !

– Que le maire, potentat local, reloge ceux qui vivent sur son territoire !

Aucun de ces importants responsables, si prompts à s'indigner en d'autres occasions du malheur des enfants, n'est en mesure de donner à trois bambins les conditions d'une vie familiale normale.

Alors, à quoi sert qu'on nous répète que, conformément à l'article 40 de la loi du 6 janvier 1986 relative à la protection de l'enfance, « les situations familiales critiques doivent être repérées suffisamment tôt. Les facteurs de risque tenant aux mauvaises conditions de vie, à la personnalité des auteurs, à la situation familiale doivent être connus, repérés de façon à apporter à ces familles un soutien matériel, éducatif, psychologique de façon à faciliter leur insertion sociale » ? À quoi cela sert-il puisque nos interpellations, en dépit de tout ce qu'elles révèlent de difficultés familiales, restent aussi vaines ?

À quoi sert de détecter et de signaler les situations à risque puisque, quand bien même tous les éléments de danger sont réunis, on laisse les gens, qui ont certes parfois des difficultés personnelles et des vulnérabilités, mais qui travaillent et font des efforts méritoires pour élever convenablement leurs enfants, dans des conditions de vie qui détruiraient peu à peu la famille la plus unie ?

Qu'on laisse un peu les familles tranquilles, qu'on ne les soumette pas à des obligations insensées, qu'on ne renforce pas sous prétexte de loi générale le contrôle sur une petite partie de la population. Un enfant qui n'a pas de place pour jouer ou pour faire ses devoirs, qui n'a pas d'autre univers que la télévision, qui n'a de relation affective qu'avec des adultes amers ou impuissants à vivre, cet enfant-là est en danger. En danger de trouble moteur, de retard de langage, d'échec scolaire, de perte de son désir de vivre, en danger d'avenir. Et toutes les politiques qui se contenteront d'instaurer et de multiplier les mesures d'investigation et de surveillance des familles pour repérer au plus vite leurs déficiences resteront inefficaces. Qu'on donne aussi aux familles les moyens d'assumer leur responsabilité première, celle d'éduquer elles-mêmes leurs enfants.

Finalement, la famille Myriam trouve une solution de logement dans une autre commune. Une solution très bancale, moitié hébergement, moitié sous-location. Une solution onéreuse où la famille se retrouve sans droit ni titre et perd le bénéfice de six années d'ancienneté auprès des services de logement. La précarité même mais qui lui permet dans l'immédiat de reprendre ses bébés comme elle l'entend.

« N'en faites pas une défaite personnelle. Vous n'y êtes pour rien ! », dit la responsable hiérarchique départementale à la collègue, désespérée de son impuissance et convaincue que la famille part au devant de nouvelles difficultés.

Trois mois après, un des jumeaux meurt : mort subite du nourrisson.

Un clignotant de plus pour une prochaine commission d'évaluation !

On ne les juge pas malmenées ces familles écartelées. Trois enfants au pays, deux en France parce que les conditions de logement interdisent d'être réunis. Ou bien encore un enfant expédié en province chez la grand-mère parce que le médecin le dit et le répète : « Pour guérir l'asthme, il faut vivre dans des lieux salubres. »

On ne s'alarme pas devant les fréquentations scolaires irrégulières pour cause d'affections chroniques, d'hospitalisations en urgence, de placements à répétition dans des établissements de soins.

On n'est pas gêné par ces enfants qui dorment collés les uns aux autres, le petit dans les jambes du grand, sans respect de l'intégrité physique, faute de place.

On n'alerte aucun juge pour eux. Aucun danger ne les menace. Ni leur santé, ni leur sécurité, ni leurs conditions d'éducation ne sont compromises. On se borne à apaiser la peur des parents. On leur promet de nouvelles interventions pour faire accélérer leur demande. « On leur passe de la pommade et du baume sur le cœur », comme le dit ma collègue Marie-Claire au retour de son entretien quasi mensuel avec une famille à qui elle tente encore d'éviter le désespoir. On les berce d'illusions et, pendant qu'on les tient doucement dans ce tête-à-tête, leur situation ne défraye pas la chronique. Elle reste entre nos mains de sages professionnelles.

On ne voit rien de mal à ce qu'ils restent là puisqu'on ne les voit plus. Les rapports qui circulent dans la machine partenariale bien huilée les rendent invisibles. Il faut désormais l'œil d'une caméra, l'article d'un journaliste, l'interpellation virulente d'un pas-concerné, piétinant sans gêne notre champ habituel d'intervention, pour que, brutalement, la situation soit découverte, jugée scandaleuse et rapidement résolue.

On ne les juge pas brutalisés, ces enfants trimbalés de services sociaux en services d'accueil d'urgence par des mères en recherche d'une solution d'hébergement. Ils ne sont pas en souffrance lorsqu'ils s'endorment sur les fauteuils de la salle d'attente, crevés par ces journées d'errance, de triste déambulation, tandis qu'on recommence avec leur mère la longue quête d'un abri provisoire.

On ne juge pas intolérable la situation de cette jeune femme à la rue, enceinte de huit mois, que l'hôpital nous renvoie parce qu'elle occupe inutilement un lit et pour laquelle nous contactons sans succès cinquante-deux établissements d'accueil. Les centres maternels ne prennent pas en urgence et les centres d'accueil d'urgence refusent les femmes enceintes. Après une succession interminable de parlerie (Quel est son parcours ? Quel est son projet personnel ? Quel est son projet professionnel ? Quel est votre projet vis-à-vis d'elle ?...), on se rabat sur trois nuits d'hébergement. Puis, on l'envoie finir seule sa grossesse dans la crasse et la misère d'un hôtel minable. Tout ça aux frais de l'Aide sociale à l'enfance.

Voilà la protection de l'enfance, loin des discours officiels mais telle que nous la pratiquons le plus souvent, au quotidien. En fermant les yeux et en priant le ciel que les enfants aient en eux suffisamment de force pour sortir indemnes de tout cela.

Lors d'une réunion de la « cellule d'appui logement » mise en place dans le cadre du dispositif communal d'insertion des bénéficiaires du RMI, la mairie elle-même reconnaît que 60 % des 2 500 logements sociaux municipaux sont occupés par des personnes âgées qui disposent le plus souvent de grands appartements. Et bon nombre d'entre elles s'en servent de résidence d'hiver, quatre mois par an.

Est-ce normal qu'un avantage acquis il y a vingt ou trente ans par des couples alors chargés d'enfants leur soit conservé jusqu'à la fin des jours ? Pourquoi la communauté continue-t-elle de financer exagérément un confort de vie qui ne correspond plus aux besoins ? Mais attenter un tant soit peu au bien-être d'une personne âgée, dans une société où chacun est hanté par son propre vieillissement, dans une ville animée de soucis électoralistes, est un acte discriminatoire, lâche et inhumain. « Il faut bien que la grand-mère puisse recevoir à l'occasion ses enfants, ses petits-enfants, qui vivent souvent loin d'elle, afin de lui conserver le plus possible un entourage familial vivifiant. » Ben oui ! Pendant ce temps, des enfants ont comme entourage vivifiant le froid, la pisse, les cafards et les rats.

Ça s'appelle un choix de société.

Peu après cette réunion, j'enverrai, suite à un avis de naissance, une mise à disposition à un jeune couple d'ingénieur et secrétaire de direction, relogé dans un trois-pièces HLM à 1 500 francs par mois. Une collègue à qui je ferai part de mon irritation m'expliquera qu'un couple de magistrats, parents d'une amie de sa fille loge dans les beaux HLM qui s'élèvent devant nos bureaux. Une journaliste très en vue aussi...

Puis, j'aurai maille à partir avec un autre couple de cadres. L'homme me demande de bien vouloir me rendre à son domicile un soir après dix-neuf heures (heure à laquelle il rentre de son travail) pour procéder à une enquête d'urgence. Ses parents retraités ont dû quitter leur résidence provinciale pour venir se soigner à Paris. Ils vivent chez lui depuis plusieurs mois dans le trois-pièces HLM qu'il a obtenu grâce à son employeur, un ami personnel du maire. Sa vie privée est gâchée. Il pensait avoir un enfant mais doit renoncer à son projet tant que ses parents seront là. Je m'enquiers de leurs revenus : ils perçoivent une retraite très confortable permettant sans difficulté la location sur le marché privé d'un trois-pièces. Je m'excuse mais dans cette situation mon intervention n'aurait pas de sens. Comme je refuse de prêter plus longtemps mon oreille compatissante à la dureté de son existence, il s'emporte et promet de me dénoncer au maire. « Ah ! Si j'étais Noir ou Arabe, vous vous occuperiez de moi. Je les déteste, tous ces bougnoules ! » Voilà ce qu'on entend lorsqu'on explique à un Français ni pauvre ni paumé que nous ne sommes pas la porte d'accès au logement social. Dans les semaines suivantes, j'apprendrai par les intéressés que l'office les a contactés pour leur proposer de déposer une demande d'ILM ; là, leur a-t-on assuré, aucune condition de ressources ne s'opposera à leur relogement.

« Ah ! Des anomalies ! Vous ne pourrez jamais empêcher les anomalies, parce que c'est humain », m'explique un responsable d'association d'insertion lors d'un échange de point de vue sur les difficultés du relogement.

Une humanité qui coûte cher aux familles dont nous sommes censées défendre les droits.

3

LA VIE PRÉCAIRE

Pendant que la France entière s'émouvait du sort cruel « des séquestrés de Bucarest », ces enfants orphelins roumains empêchés par un dictateur fou et sanguinaire de venir rejoindre en France leur famille adoptive, l'office des migrations refusait à un couple algérien du quartier l'entrée de leur bébé de sept mois, légalement adopté, parce qu'il manquait 1,30 m^2 à leur logement – ils possédaient 32,70 m^2 au lieu des 34 m^2 réglementaires pour trois personnes. Mais dans notre pays où le droit de vivre en famille est un droit fondamental consacré par la jurisprudence du Conseil d'État et réaffirmé par l'article 8 de la convention européenne des Droits de l'homme, il ne s'agissait que d'une tracasserie administrative d'un État par trop soucieux du bien-être matériel des enfants accueillis sur son sol.

Tout récemment, c'est à Médhi, deux ans, gravement handicapé, que l'office des migrations refuse le séjour. L'enfant est, là encore, tout à fait légalement adopté devant la justice algérienne, puis devant la justice française. Le couple possède cette fois-ci les 34 m^2 réglementaires mais, au moment du passage de l'enquêteur de l'OMI (office des migrations), le père est au chômage.

Il a quarante-deux ans. Depuis quatre ans, suite à son licenciement d'une grande entreprise d'un secteur automobile pour laquelle il avait travaillé dix-sept ans, il n'occupe plus que des emplois de manœuvre dans le bâtiment, des emplois à durée déterminée. Il travaille depuis près d'un an lorsqu'il dépose sa demande de regroupement familial auprès de la DASS. Lorsque l'OMI enquête, son contrat de travail est terminé et n'a pas été reconduit.

Comme le veut la législation, la mère est repartie avec son petit garçon attendre au pays l'autorisation légale d'entrée. Puisqu'elle ne peut l'obtenir, elle revient en France avec l'enfant. Médhi vivra dans l'illégalité et ses parents se verront refuser l'accès aux prestations familiales.

C'est en septembre 1989 que les familles Salah et Saïd reçurent la première lettre recommandée de leur propriétaire :

« Je suis dans l'obligation de vous faire part du fait que l'immeuble dont vous êtes locataire à ce jour se trouve dans une zone d'aménagement différé de la ville. En foi de quoi, il y a obligation totale d'une démolition des immeubles pour une reconstruction complète de l'îlot concerné en bureaux et zone d'activité. Il y a donc lieu de libérer le logement au plus tard fin 1990. Je partage votre souci mais on ne me laisse pas d'alternative. Vous voudriez donc bien prendre vos dispositions pour vous reloger dans le délai imparti. »

Elles arrivèrent affolées au service en me présentant leurs lettres, suivies de près par d'autres familles de l'immeuble. Que faire ? Où aller ? Ne risquaient-elles pas, à leur tour, d'être jetées à la rue avec toutes leurs affaires, comme ceux de l'hôtel *Espérance*, si elles ne partaient pas ? Tiens ! Le quartier se réveillait. Plusieurs mois après !

En juin 1990, le propriétaire leur adresse une relance :

« Vous occupez une pièce-cuisine avec toute votre nombreuse famille, ce qui ne correspond pas aux normes d'hygiène, de salubrité et d'habitabilité. Il s'avère nécessaire que vous libériez les lieux au plus vite compte tenu de la démolition prochaine de l'immeuble. »

À part un nouvel affolement et un autre envahissement momentané de nos services, les lettres restent sans effet. Nous calmons leurs inquiétudes. Une procédure d'expulsion s'ensuivra certainement. Mais qu'elles restent chez elles et attendent des propositions concrètes de relogement.

Puis, l'immeuble est vendu avec ses occupants à un promoteur. Le nouvel acquéreur sous-traite d'abord à une agence la charge « du relogement et des évictions des locataires ». Mais les propositions faites ne tiennent pas debout. L'agence propose des indemnisations ridicules aux familles qui, à l'exception d'une seule, les refusent. Le promoteur reprend l'affaire en main. Il offre cette fois des relogements. Les logements ne sont ni dans la commune ni dans le département mais qu'importe pour les familles Saïd et Salah. Elles visitent de vrais appartements. Un quatre-pièces pour l'une, un cinq-pièces pour l'autre, vastes, lumineux et confortables. Elles n'en reviennent pas, n'arrivent pas à croire en leur chance. Sonnées et ivres de bonheur, elles font sur-le-champ leurs paquets. C'est vite fait. À part leurs personnes, elles n'ont pas grand-chose à transporter. En quelques allers-retours, une estafette assurera les déménagements.

J'apprendrai bientôt que la CAF refuse à la famille Saïd le bénéfice de l'allocation logement. Onze ans que ces gens nichaient dans un infect gourbi. Sans droit à l'allocation logement, il va sans dire ! Aujourd'hui, installés dans un appartement propre et tout confort, ils doivent continuer à régler l'intégralité de leur loyer sous prétexte qu'il leur manque quelques mètres carrés.

Deux autres familles, moins mal logées, qui occupent dans les étages des petits trois-pièces de 40 m^2 avec douche, W-C, qu'ils ont aménagés eux-mêmes, repousseront un temps les propositions du promoteur, croyant en leur droit d'être relogées sur la ville. Onze et quatorze ans qu'elles ont déposé et renouvelé régulièrement leur demande de logement. Le promoteur proposera à l'office une « forte indemnisation » en contrepartie de leur relogement mais, d'après ses dires, l'office restera silencieux, ne répondant à aucun courrier. Idir, l'aîné des Karima, un adolescent de dix-sept ans, que je rencontre un soir, s'irrite de l'attitude de son père : « Il pense que la mairie va nous reloger ! Il prend des rendez-vous, va les supplier. Ça va pas la tête ! Comme s'ils en avaient quelque chose à foutre de nous ! » Un modèle d'intégration pourtant les Karima. Un père qui, d'arrache-pied, à force de travail et de formation a gravi peu à peu les échelons de la hiérarchie ouvrière et gagne correctement sa vie. Quatre garçons qui travaillent bien à l'école. Ramené à la raison par le silence obstiné de la mairie et par la progression étonnante du chantier qui s'étale maintenant jusqu'aux pieds de son immeuble, le père se rallie à la position de son fils. « Je me faisais des illusions », avoue-t-il. Quelques semaines plus tard, les nerfs usés par le bruit assourdissant des tonnes de gravats déblayés à longueur de journée, la peur de la mise à la rue amplifiée par le fracas des bulldozers qui arrachent, juste derrière leur logement, les murs bas des masures où vivaient les Saïd et les Salah, ils acceptent la proposition du promoteur et déménagent à leur tour.

Ce sont les Farida qui offrent la dernière résistance. Bien sûr, m'expliquent-ils, c'est un grand et bel appartement qu'on leur propose, refait à neuf même, mais loin, trop loin des établissements spécialisés qui accueillent deux de leurs cinq enfants. Un taxi viendra chercher l'aînée tous les matins à sept heures pour qu'elle continue de fréquenter son école jusqu'à la fin de l'année scolaire. Mais il leur faudra garder le garçon de neuf ans jusqu'à la rentrée des classes. Tous les établissements sont complets en cette période de l'année. Et puis là-bas, les graffitis qui courent sur les murs et couvrent la cage d'escalier leur font peur. Ils les pressentent comme des menaces d'avenir pour leurs enfants déjà en difficulté. Sauront-ils se débrouiller dans cette grande cité, prendre seuls l'ascenseur jusqu'au dix-septième étage, se mêler aux autres enfants dans des espaces où ils ne pourront plus les surveiller ? Ici, malgré la petitesse du logement et la vie incommode, ils les sentaient en sécurité. La ruelle cafardeuse, la courette chargée de linge à sécher, où on les laissait sans crainte jouer avec les enfants des voisins, l'hôtel-restaurant avec sa façade décrépie et sa porte étroite étaient pour eux des lieux d'habitude, des lieux apprivoisés. Le promoteur entend leurs craintes et leur propose un autre appartement dans un immeuble plus petit et sans graffiti. Tout aussi loin des établissements. Mais le plus riche ne peut donner que ce qu'il a et lui, le promoteur, n'a pas plus près. Cette fois, c'est à prendre ou à laisser.

Sitôt leur départ, le vieux bâtiment délabré, libre de tout occupant, est entièrement rasé. Comme se plaît à le rappeler le maire, « la commune digère lentement un lourd héritage de banlieue-dépotoir. Les *favelas* mitaient le paysage et la ville aurait pu être jumelée avec le South-Bronx ».

Lorsque l'usine d'automobiles et la manufacture de munitions du quartier sortaient sans discontinuer des voitures aux couleurs brillantes et des stocks d'armes, les immeubles et les hôtels vétustes où s'entassaient les OS en équipe, dormant parfois à tour de rôle dans le même lit, s'intégraient au paysage. Mais aujourd'hui, la vieille industrie a fermé ses portes ou a déménagé. Le mètre carré vaut de l'or et l'immigré ne vaut plus rien, vaincu qu'il est par la chaîne, le chantier, le chômage, sa solitude et son sureffectif. La vieille zone, faite de bric et de broc, peut céder la place à des centaines de places de parking, à des milliers de mètres carrés de bureaux *high tech* où tous les moyens de communication informatique et télématique sont mis au service des hommes. Des immeubles flambant neufs, plantés harmonieusement et tournés vers l'avenir, qui découpent maintenant l'espace dans un souci d'équilibre et de nouvelle urbanité.

Octobre 1990, l'hiver approche et M. Michel s'en inquiète une nouvelle fois auprès de moi. Je propose sa candidature à l'hôtel social qui dispose de dix-huit chambres pour accueillir des RMistes sans hébergement ou logés de façon précaire (squat, cave...). Il est refusé. À soixante-deux ans, on n'est plus réinsérable. Pour lui, on me conseille la maison de Nanterre ou le centre d'hébergement de Verdun. Pourquoi Verdun ? Parce qu'en cette troisième semaine de novembre, il dispose encore de quelques places vacantes. M. Michel n'a rien contre Verdun, qu'il ne connaît pas. Seulement, il ne désire pas connaître. Il préfère rester là où il a toujours vécu.

« Il n'est pas raisonnable ! Ce n'est pas le montant de sa retraite qui lui permettra de se reloger. À vous de l'aider à faire son deuil du rêve impossible. À vous de le responsabiliser, de le mettre face à la réalité pour qu'il adhère au projet », s'énerve cette fois le directeur de l'hôtel social lorsque je lui reparle de M. Michel.

Est-ce une exigence si illégitime, un souhait si inconcevable, un vœu si extravagant pour un homme de soixante-deux ans que de vouloir vivre là où il a toujours vécu, en bénéficiant au moins d'une chambre, avec un endroit pour cuisiner et un autre pour se laver ? Eh bien, il faut le croire. Lorsque je pose la question au directeur de l'hôtel social et, plus tard, au chargé de mission RMI, l'un me répond : « Je fais pas de politique, moi ! », et l'autre : « Vous voulez la révolution sociale ! » Est-ce là l'insertion qu'on nous demande : la relégation vers des centres de province de ceux qui n'ont plus leur place dans des métropoles devenues beaucoup trop chères pour eux ?

Sauf cas de force majeure, M. Ali ne rate pas une permanence. M. Ali vit dans une petite chambre d'un « immeuble d'hébergement social ». Un de ces quatre anciens hôtels meublés, rachetés en 1985 par l'association caritative de la SA HLM en vue de les réhabiliter, mais, à l'exception d'un seul, quasiment laissés en l'état puisqu'un projet d'urbanisme les condamne à la destruction. Un foyer pour les immigrés isolés qui comprend une trentaine de chambres de 10 m^2, équipées d'un lit, d'une plaque électrique et d'un lavabo. « Un bordel pour les clochards », dit M. Ali qui ne supporte pas de vivre là. Il est en France depuis 1961. Il a été manœuvre dans le bâtiment, OS dans l'industrie automobile, puis agent communal auxiliaire affecté à l'entretien de la voie publique.

En 1981, tandis qu'il balayait la chaussée, il est heurté par une voiture. Depuis ce jour où la malchance lui a volé son travail, sa santé, il demande réparation. On lui fait faire des expertises, des contre-expertises pour tenter de faire réévaluer son taux d'incapacité fixé inexorablement à 2 %. Et toute sa folie se hérisse lorsqu'on lui dit que l'accident n'est pas responsable, que sa maladie vient d'ailleurs, vient d'avant. Lui, il en a les preuves : neuf ans qu'il les transporte précieusement dans un petit étui de plastique noir : le numéro d'immatriculation, le numéro d'assurance de la voiture, la date de l'accident. Alors, forcément, ça ne peut pas être autrement ! Il vient souvent. Parfois, il a les yeux qui roulent. Il bave. Il reste assis immobile, comme en hébétude. Terrifiant et silencieux. D'autre fois, il secoue, mauvais, tonitruant, toute la salle d'attente de son énervement. Il dresse son grand corps, son cou puissant, veineux. Il gesticule. Il transpire du front. Il n'arrête pas de fumer, écrase et éparpille les mégots autour de lui en une véritable puanteur. Ou bien encore, il est tranquille, me salue civilement, m'apporte des chewing-gums et des boissons aux fruits.

Je lui explique pour la cent et unième fois, ma patience à bout, que le montant de sa rente d'accident ne sera pas révisée car il n'a pas été constaté d'aggravation de son état de santé par les médecins experts auprès de la Sécurité sociale. Il me remercie. Il me dit que ça ne fait rien si on ne peut rien faire. Il reviendra la semaine prochaine. Pour voir !

On a bien essayé de l'orienter vers le dispensaire d'hygiène mentale, lui ou d'autres qui viennent, chaque semaine, nous raconter leur vie d'infortune, se demandant comment ils pourraient prendre leur revanche sur le malheur. En vain. Chez nous la porte est toujours ouverte. C'est une vraie aubaine. Ils s'y engouffrent. On n'a pas à prendre rendez-vous cinq à six semaines à l'avance, à expliquer les motivations de sa demande de prise en charge thérapeutique. Il suffit de se présenter à la permanence, de donner son nom à l'accueil et d'attendre son tour.

Et puis, ce qu'il veut M. Ali, c'est que la Caisse invalidité le paye davantage. 3 400 francs par mois, c'est pas assez pour vingt ans de travail et un accident.

Parfois, il se retrouve pour la nuit à l'unité de soins psychiatriques parce que la police l'a ramassé sur la chaussée, abruti d'alcool et de médicaments. Il ressort vite, trop vite au gré de ses voisins, des immigrés comme lui, mais qui travaillent pour la plupart. Il ne dort pas la nuit, ouvre en grand son robinet, danse avec sa radio à toute berzingue, se cogne contre les murs. Mais on ne peut pas garder les malades sociaux toujours à l'hôpital. Et il revient à la permanence...

Dans un autre foyer, vit M. Samir, cinquante ans. Pendant vingt ans travailleur acharné, envoyant, comme beaucoup de ses compatriotes, presque toute sa paye au pays pour nourrir là-bas sa nombreuse famille. Depuis quatre ans invalide, suite à une chute d'un échafaudage. Lui, il prend « des crises de la tête », hurle la nuit et se déverse le jour en un torrent d'insultes sur tous ceux qui l'approchent, pour redevenir ensuite l'homme gentil, doux et affable qu'il était auparavant.

De la rage qui lui vient par à-coups de se savoir foutu, ses gosses au pays à peine élevés, on en prend plein notre grade – de pourtant modestes exécutantes de la politique sociale – à son passage dans nos services.

À se signaler ainsi sans arrêt, M. Ali et M. Samir nous causent du souci et des réunions entre multipartenaires. On ne sait pas comment faire pour qu'ils renoncent à leur colère, à leur excitation verbale, à leurs revendications incessantes. On ne sait pas comment faire pour qu'ils enfouissent le mal au plus profond d'eux-mêmes et s'accoutument sans cris à une survivance lente et déboussolée.

Ouardia a vingt-sept ans. Elle habite un hôtel meublé sur le quai. Un hôtel décrépi par l'âge et promis à la destruction. Là, dans quelques années viendront se refléter des marinas dont les plans s'exposeront bientôt, superbes d'encres et d'aquarelles, dans des prospectus de papier glacé. Elle vit avec son père dans une chambre de 8 m^2, sans eau et sans chauffage.

L'eau, ils la prennent dans la cour. Le chauffage aussi d'ailleurs. Pour libérer un peu la pièce de son humidité, ils entrouvrent la porte. Les deux lits occupent tout l'espace. Il n'y a ni armoire, ni table. La vaisselle et les produits de nettoyage sont très soigneusement rangés sur de petites étagères. Le linge plié dans des valises sous les lits. Cette méticulosité, cet esprit d'ordre les fait échapper au sordide qu'engendrent souvent de telles conditions d'existence.

Ouardia vit ici depuis deux ans. Atteinte d'une maladie chronique très grave, insupportée en Algérie par sa famille, qui n'en pouvait plus d'entendre sa souffrance, son père décide de la prendre avec lui en France. Pratiquement grabataire à son arrivée, Ouardia commence maintenant à marcher et à s'ouvrir au monde. Comme elle n'en connaît encore que la chambre d'hôtel, la chambre d'hôpital et, depuis peu, la boulangerie du coin, je viens un jour de novembre froid et ensoleillé la chercher pour lui présenter le « restaurant social ». Un lieu qui accueille des « désinsérés sociaux » pour le partage d'un repas à midi. C'est sa première sortie. Quand j'arrive, elle est toute prête, manteau boutonné et sac en bandoulière à l'épaule. Elle me fait comprendre dans son charabia qu'il nous faudra marcher lentement. Ses jambes sont, plus qu'à l'ordinaire, douloureuses et raides. Elles les a enveloppées dans de multiples couches de lainage. Elle a peu dormi. Le froid qui s'infiltre la nuit en douleur dans son corps lui enlève le sommeil. Ses poignets et ses avant-bras surtout lui font mal. La chambre est glaciale et, quelques minutes après mon arrivée, mes jambes à leur tour s'engourdissent.

Nous cheminons doucement. Cent mètres après avoir quitté l'hôtel, nous arrivons à la hauteur de la scierie. Les camions transporteurs occupent tout le trottoir. Pour les contourner, il faut descendre sur cette quadruple voie de circulation, là où les voitures déboulent à toute allure pour aller rejoindre l'autoroute. Comme un employé sort du hangar, je lui demande si les camions ne pourraient pas se garer de façon à laisser un bout de trottoir libre. En voyant sa haute silhouette massive s'avancer rapidement dans notre direction, j'ai peur d'avoir été brutale dans ma question. Mais non, il s'explique seulement : « Vous n'avez rien à m'dire, c'est pas mon camion ! » Nous arrivons au passage piéton surplombé par la voie ferrée. Un automobiliste, s'imaginant sans doute qu'il y a méchanceté à utiliser les bandes blanches quelques secondes de plus qu'ordinairement nécessaire, baisse sa vitre et nous envoie : « Alors, salopes, pétasses, on a que ça à faire de traînasser ! ». Comme Ouardia ne comprend pas bien le français, surtout proféré à cette vitesse, c'est moi qui prend tout à la figure. Ce quartier, décidément, n'est pas fait pour la promenade.

À notre arrivée, le psychologue est là et je me soulage en lui racontant mes péripéties d'accompagnateur social. Ouardia n'en a cure. Elle est radieuse. Ici, il y a du monde, du va-et-vient, la chaleur des radiateurs qui fonctionnent et des gens qui parlent sa langue.

Et comment, elle veut revenir !

Elle reviendra seule désormais. Elle note dans sa tête, sur le chemin du retour, quelques points de repères : les fleurs à la fenêtre du restaurant, le passage piéton, la scierie…

Le père de Ouardia travaille depuis vingt-cinq ans dans le bâtiment, dans une très grande entreprise qui emploie 65 000 personnes et dont l'activité et la satisfaction s'affichent dans le monde entier. Une entreprise dont le chiffre d'affaires s'est accru de 14 % l'an dernier. Jointe pour lui expliquer les terribles conditions d'existence de son salarié, elle nous déclare qu'un logement est pour lui hors de question. Il ne gagne pas assez !

Décembre 1990. Mme Leïla est hospitalisée en urgence une dizaine de jours. Elle a d'étranges et fortes douleurs au bas-ventre. Mais les examens pratiqués ne révèlent rien d'anormal. Pour le médecin, c'est de la maladie nerveuse. Il lui demande de cesser ces craintes continuelles à propos de tout, de ses gosses qui grandissent mal, de sa vie qui se démolit là, dans ce réduit empesté d'humidité. Il lui donne des petites pilules roses pour l'aider, mais « mes peurs marchent toutes seules, elles défilent, rien n'arrive à les arrêter », m'explique-t-elle lorsque je la visite à son retour d'hôpital. Elle dort de moins en moins. Elle se sent infiniment lasse, épuisée physiquement, fatiguée jusqu'au cœur. Sa maison est pleine de travail mais elle n'a de goût à rien.

Aujourd'hui, elle est venue à la permanence. Comme elle était la neuvième sur la liste, elle a attendu près de trois heures pour me dire encore une fois : « Aidez-moi, je souffre trop la misère. » Je n'en peux plus d'entendre sa détresse, ses appels à l'aide désespérés et cet espoir insensé de relogement dont elle ne veut absolument pas se défaire. Qu'elle se taise !

Elle et ses autres pareils. Celui-ci, tiens, le numéro 10 qui va encore me dire qu'il n'a plus rien à donner à ses enfants en Algérie depuis que le chômage le paie 2 000 francs par mois. Me suis-je mal fait comprendre ? Ne lui ai-je pas clairement expliqué et suffisamment répété que l'argent envoyé au pays n'était pas pris en considération par les commissions d'attribution de secours ? Alors, à quoi lui sert de venir me voir, pour qu'une fois de plus je le renvoie à sa misère et à sa solitude ? Qu'il parte ! Et lui, là !..., le numéro 11, affalé dans les coussins neufs de la salle d'attente (ah ben ! ils vont être propres les coussins après !). Toujours à venir nous raconter ses bobards, ses histoires lamentables, pour quelques tickets restaurants ou quelques tickets de métro.

Qu'ils se taisent tous, qu'ils partent, qu'ils retournent chez eux, qu'ils s'installent devant leur télévision. Qu'ils aillent écouter la musique de la fête des autres, les cliquetis des bijoux qui se choquent au milieu des toilettes pailletées.

Peut-être même qu'on causera d'eux dans le poste.

Peut-être qu'un richissime écrivain de best-sellers – après avoir, pour le plaisir de nos yeux et le gonflement d'aise de son portefeuille, ouvert son immense appartement clair et sophistiqué – viendra, la voix douloureuse, s'attrister sur l'errance des sans-abri.

Peut-être qu'un comédien fétiche, loup solitaire au milieu de ses collections d'art, de vêtements, de parfums, de femmes, vous avouera, le regard humide, que l'injustice sociale est ce qui le révolte le plus dans notre société.

Peut-être qu'un animateur adulé du public, qui n'ose plus dire son salaire exorbitant, car cela bouleverse la France profonde, mais qui peut gagner pour des photos publicitaires plus qu'un manœuvre en vingt ans de travail, viendra vous rappeler que certains souffrent d'inégalité et d'indifférence dans notre société, en vous exhibant dans les scintillements de son plateau télé quelques enfants de « trop-pauvres-pour-partir-en-vacances » que des fils et des filles de bonne famille emmènent gratuitement à la mer.

Les pauvres de nos jours ont des porte-parole en or ! Ils ne s'en plaignent pas d'ailleurs. Ils les remercient.

Après avoir voulu pendant des années réactiver, reconstruire, redynamiser, requalifier, recomposer, réinventer le social, on veut maintenant mettre au point des techniques d'ingénierie pour resocialiser le social. Cette nouvelle conceptualisation, où il est question de management, d'efficacité, de compétitivité, d'objectifs quantifiés et de stratégies opérantes, tient en haleine et à la tâche les futurs diplômés du travail social et, tout particulièrement, les diplômés supérieurs.

Et pendant que les revues spécialisées débattent de l'existence réelle ou supposée de l'ingénierie sociale et de son nouveau savoir-faire, pendant que, de conférences en ouvrages professionnels, on continue de s'interroger sur les spécificités du travail social, sur ses finalités, sans jamais oublier la tout aussi grave et insoluble question de ses limites – qui ne seraient bien après tout que la perte de ses finalités spécifiques —, il nous arrive une population qui vit de plus en plus avec cette précarité génératrice d'une angoisse insupportable et à qui nous attribuons, bonnes filles :

– des tickets restaurant en nombre limité. Trois ou quatre pour faire face aux besoins immédiats mais sans créer d'habitude de demande ;

– des tickets de métro en nombre suffisant pour couvrir les besoins d'une démarche précise, aller à la préfecture, à la Caisse d'invalidité, dans un centre d'accueil, etc ;

– des bons d'hébergement pour trois nuits d'hôtel, non renouvelables. Ceux-là nous causent un véritable épuisement professionnel. Non seulement il faut les remettre aux intéressés mais il faut leur trouver la chambre. Les hôtels meublés sont pleins à craquer. Les hôtels de tourisme sont trop chers ou, lorsqu'ils n'affichent pas complets eux aussi, ne veulent pas s'encombrer d'une clientèle d'un jour, désargentée et peu présentable. Et le département en plus qui met quatre mois avant de les rembourser ! Les services sociaux des communes alentour qui ont réussi à débusquer des hôtels avec des chambres vacantes de temps à autre gardent jalousement les adresses. Alors, on passe au crible l'annuaire et on contacte des dizaines d'établissements hôteliers. Ça ne marche pas. On appelle à la rescousse des services d'accueil d'urgence. Sans doute ont-ils des filons, des tuyaux qu'ils donnent à ceux qui sortent de chez eux et dont ils voudront bien nous faire profiter. Mais non, leurs tuyaux sont percés à force d'utilisation. Ils sont comme nous, à sec et usés.

« Quinze mille sans-abri sur la région parisienne, trente mille dans quinze ans », nous annonce un conférencier lors d'une journée de formation au département sur « RMI et marginalité ». Voilà d'engageants pronostics sur les années à venir.

Que va-t-on faire de tous ces zonards, de tous ces errants ?

Chaque fois que l'un d'entre eux pénétrera dans nos services, devrons-nous passer des heures à lui trouver un repaire pour deux ou trois nuits ? Et des jours – après avoir diagnostiqué ses capacités de projection dans l'avenir, de réinvestissement du réel, de retour à une autonomie personnelle et professionnelle – à constituer et à envoyer tous azimuts des demandes d'accueil d'urgence ?

Des rapports épluchés par des responsables d'institution ou par des commissions pluridisciplinaires pour en trier « les cas intéressants » disait-on auparavant, « les réinsérables durablement », dit-on actuellement. D'après une étude réalisée sur le Val-de-Marne, 3 % seulement des demandes d'accueil d'urgence adressées aux centres d'hébergement et de réadaptation sociale obtiennent une réponse positive. Et 40 % de ces « retenus » sont de simples demandeurs de logement. Et les autres ? On n'a pas de place, on n'a pas de place. On ne peut pas en inventer. Les « incasables » finiront bien par crever de l'alcool, du froid, de la drogue, du sida, de la folie, d'une mort lente au bout d'un trottoir, comme un tas de vieux linge jeté au rebut. De la misère quoi ! Mais quelle sauvagerie. Pour eux d'abord et surtout. Pour les autres aussi qui regardent impuissants et qui ne sont pas forcément indifférents.

Quand on le voit encore attendre à la permanence, on s'affole : « Mais qu'est-ce que je vais pouvoir lui raconter ? »

On râle entre collègues, on siffle entre nos dents : « Dix fois que je lui dis que je ne peux rien faire pour lui et il vient encore me demander ! »

« Non, désolé, il n'y a pas de boulot à la mairie !

« Non, désolé, il n'y a pas de logement HLM vide !

« Non, désolé, il n'y a pas de petits secours pour tes enfants ! »

Aïe, oui ! Il n'y a pire sourd que celui qui ne veut pas entendre.

Il veut garder l'espoir. On essaye bien de le lui arracher, de le piétiner là devant lui. On est un peu triste quand il part de ce saccage. Mais il fait sa mauvaise tête, il revient à la permanence et l'espoir est encore là, intact. Désespérant. Comme une herbe folle, vivace et inutile.

Et puis un jour, on réussit. Ah ben non, pas toute seule ! D'autres nous ont aidés : les administrations compétentes, les associations charitables, l'agence pour l'emploi, les services du logement. Mais ça y est. Cette fois plus rien ne pousse. Plus rien de vivant. Le résultat est devant nous. Définitif. De la caillasse sèche et morte.

Alors là, même si, plus tard, on le ramasse dans la rue en un petit tas de poussière et qu'on lui dise :

« Viens, maintenant, on a tout ce qu'il faut pour toi. On a le RMI, des stages de reconstruction de ton identité, de redynamisation de ta personne, de capitalisation de tes savoir-être et de tes savoir-faire, d'optimisation de tes ressources personnelles dans une approche globale et transversale de ton individu.

« T'y comprends rien ? Mais moi non plus au départ je n'y comprenais rien, ce n'est pas une excuse. Je te rabâcherai ! Dis donc, tu aimais bien que je te ressasse les choses avant. D'ailleurs, j'assurerai personnellement ton suivi à travers autant d'entretiens individuels qu'il le faudra. Je serai ton accompagnateur privilégié dans ton parcours d'insertion modulaire et ascensionnel basé sur la pédagogie du contrat et la psychologie de la réussite et ceci jusqu'à ta Rédemption sociale. »

Lui ne veut plus nous embêter. Et on a beau le secouer et le resecouer pour lui donner le goût de demain, il n'a plus d'histoire à nous raconter. Il nous glisse entre les doigts.

On ne peut pas prendre en charge la vie des autres. Non pas parce que c'est anti-éducatif, que cela perpétue des conduites d'assistance... et tout le discours professionnel habituel. Non, simplement parce que c'est au-dessus des forces humaines. Quand tu pousses certaines portes, il te faut prendre ton courage à deux mains pour ne pas fuir. Rester calme, paraître sereine alors que ton cœur cogne très fort en dedans de peur et d'ahurissement. Traiter la femme qui est là, sur son grabat, dans une pièce mansardée de 8 m^2 qu'elle partage avec trois autres locataires, comme n'importe quelle administrée qui a du fil à retordre avec son dossier. Et la personne te remercie tellement d'être venue la voir à domicile. Elle a raison, ce n'est pas un mince service. Mais elle pèse quarante kilos et son corps ne peut plus la porter.

Quand tu te trouves dehors, le souffle même te manque pour prendre tes jambes à ton cou. Lâchement, tes genoux se dérobent. Tu as eu ton compte. Tu sais que tu ne reviendras pas de sitôt. La prochaine fois, tu trouveras une excuse pour ne pas la visiter. D'ailleurs, tu n'en auras plus l'occasion. La femme mourra quelque temps après, carbonisée. Elle avait voulu allumer une cigarette. Les autres n'étaient pas là... Une vision d'horreur d'après les pompiers, pourtant des habitués, qui interdiront aux plus jeunes des leurs l'accès à la mansarde.

Tu as eu ton compte aussi après avoir accompagné quelqu'un, livide, crevé, somnambulique, puant les jours d'errance, les nuits passées dans le métro ou dans une voiture abandonnée, dans quelque service d'accueil d'urgence. Tu peux bien prendre ton air d'indifférente à la crasse, à l'odeur, au regard des autres voyageurs, tu te jures en ton for intérieur que tu ne te laisseras plus convaincre par la nécessité de ces accompagnements sociaux. Toi aussi, tu invoqueras avec force l'obligation de se prendre un peu par la main, de ne pas tout attendre du travailleur social.

Tu as eu ton compte encore après les entretiens avec cette jeune femme toxicomane et séropositive, dingue de douleur parce qu'on lui a pris son gosse, qui hurle qu'elle t'en fera chier toute sa vie et qui, deux jours plus tard, revient, t'implorant de la dépêtrer. Elle ne sait plus ni où manger, ni où dormir.

Tu as eu ton compte de la misère des autres. Pourtant te voilà, toi et tes collègues, accusées par la presse, les associations, l'opinion publique, tancées : « Vous n'allez pas au domicile. Vous ne faites rien ou presque. » Et nous, on nie tout en bloc. On ne dit jamais la dureté de certaines visites, de certains accompagnements, de certaines confrontations. On ne dit jamais que certaines situations nous écœurent, nous insupportent, nous paralysent. On ne dit jamais qu'on se sent voyeuse, questionneuse incongrue, fureteuse malsaine quand on ne peut rien faire pour changer les choses. On n'ose pas dire qu'on est tout simplement humain.

Mars 1991. L'éducatrice de l'association caritative qui gère sur la ville les logements achetés par la SA HLM nous informe que les familles Célestin, Virgile et Constance sont réapprovisionnées en eau. En conséquence de quoi, des loyers leur sont rétablis. Le réapprovisionnement en eau, c'est un robinet unique installé dans la cour pour l'ensemble des familles. Les loyers, c'est par exemple 1 350 francs pour la famille Virgile, avec un rappel sur un an. Les autres loyers sont du même ordre. 1 350 francs pour 10 m^2 ! J'en suis stupéfaite. Pourquoi leur avoir fixé un tel montant de loyer ? Pourquoi leur réclamer un rappel sur un an alors qu'ils vivaient privés d'eau et dans l'ignorance de leur propriétaire ? 130 francs le m^2 de taudis dans un bâtiment qui devrait être interdit à l'habitation ! N'est-ce pas y aller un peu fort ! J'interroge l'agent comptable présent à la réunion : quels sont les prix de location des immeubles de leur patrimoine ? Ils s'échelonnent en gros entre 20 et 50 francs le m² suivant la date de construction, le confort et la situation géographique des appartements. Alors pourquoi exiger 130 francs le m² de ceux qui vivent dans un endroit « où on ne laisserait pas même coucher un chien » d'après les termes de l'employeur de M. Célestin, « pas même coucher un cochon » d'après les propos de l'éducatrice elle-même. Mais aujourd'hui, celle-ci m'explique que le paiement d'un loyer est un acte de civisme, non seulement envers la société logeuse mais envers la société tout entière. Quelles que soient les conditions d'habitat, l'absence de participation entraîne un parasitisme social nuisible à la bonne image que chacun d'entre nous souhaite avoir.

Je ne donne raison à personne de ne pas payer son loyer mais il faudrait tout de même qu'il soit en rapport avec le logement fourni. Et si nombre de propriétaires privés louent n'importe quoi à n'importe quel prix, on peut tout de même espérer autre chose d'une association qui œuvre au plan national pour la défense des plus démunis. Ce rapprochement « simpliste » a le don de l'exaspérer. Son association est aussi gestionnaire de logements et la gestion a des contraintes qui ne sont pas à proprement parler charitables. Qu'elle doive m'expliquer tout ça la déçoit profondément sur mon compte. Et je me prétends assistante sociale ! Une bénévole serait moins naïve. Mes manquements professionnels vont encore l'atterrer lorsque j'ajoute : « Si c'est pour mieux engager leur civisme, leur responsabilité envers la société globale, eh bien, que le bailleur traite avec eux, qu'il veille à la régularité des versements mais qu'il ne compte pas sur moi en cas de dette pour les encourager à payer de telles sommes, pour entamer des procédures de récupération de loyer auprès des fonds publics d'aide aux impayés. »

Je n'aurai aucun mal à tenir ma promesse car par la suite les familles se débrouilleront par elles-mêmes sans faire intervenir les services sociaux dont elles n'attendent plus rien.

N'en pouvant plus de cette promiscuité intenable, la famille Constance négociera le droit d'aménager des locaux dans le même immeuble. D'abord, l'association caritative refusera. Ces locaux étaient totalement inhabitables, dangereux, pleins de gravats et de détritus. Ils ne possédaient ni eau ni électricité… Devant l'insistance de la famille, elle finira par céder, à condition qu'elle prenne à sa charge tous les travaux : plomberie, électricité, sanitaire, pose de cloisons en plâtre, isolation, etc. Une indemnité de 5 000 francs sera promise mais jamais versée car la famille, qui a accepté le paiement d'un loyer à partir du réapprovisionnement en eau et s'acquitte depuis rubis sur l'ongle de cette obligation, n'a jamais voulu entendre parler du rappel d'un an. Ils avaient trop souffert pendant cinq années du manque d'eau. À l'évocation de cette dette, la colère et les larmes leur revenaient.

Leur installation dans ces locaux grands d'une trentaine de mètres carrés libère leur ancienne pièce et permet à la famille Virgile de la récupérer et de doubler la superficie de son logement. Elle dispose maintenant de presque 20 m^2 et a réussi à créer un petit cabinet de toilette. Encore et toujours à leurs frais, les familles feront tirer des conduites d'eau depuis le robinet de la cour jusqu'à leurs logements.

4

L'AIDE FINANCIÈRE

M. Nordine a deux pied-à-terre. C'est ce qui cause son déséquilibre. Non qu'il vive sur un grand pied. Ses deux logis sont fort modestes :

– une petite chambre dans un « immeuble d'hébergement social » qu'il partage la semaine avec un compatriote. Tous les deux travaillent en équipe dans une grande entreprise du secteur automobile ;

– une HLM à plus de 100 km de son lieu de travail, où il rejoint sa famille, le week-end. C'est là qu'il a trouvé un appartement pour vivre avec les siens.

Il aurait pu rester « chef de famille isolé ». C'est comme ça qu'on dénomme, dans nos enquêtes, les hommes seuls dont la famille est restée au pays. C'est un terme bricolé par nous lorsqu'on remplit la rubrique « situation familiale » pour ne pas les considérer comme « célibataires », « divorcés » ou « veufs ». On en voyait souvent, il y a quelques années, défiler à nos permanences, de ces « chefs de famille isolés », cramponnés à une seule idée : faire venir près d'eux leur femme et leurs enfants. Ils venaient pour le logement. « Mais voyons, c'est impossible ! Déjà avec la famille en France, c'est très long, c'est très compliqué, alors, si elle est au pays... » À eux, on ne laissait aucun espoir en nos interventions. On les renvoyait aussi sec à « leurs ressources personnelles », à « leurs potentialités ». Qu'ils trouvent par eux-mêmes les moyens d'assurer à leur famille des conditions décentes de vie. S'ils tiennent fortement à ce projet, ils le réaliseront. Certains le réalisent. On les poussait vers un grand labyrinthe à la recherche d'un petit loyer dans un immeuble ancien, un logement du type « loi de 48 », sans carnet de relations ni portefeuille bien garni pour éclairer leur route. Et lorsqu'ils revenaient à nous, désemparés, on regrettait vivement qu'ils n'aient pas su trouver d'issue à leur propre problème.

M. Nordine, lui, avait trouvé une HLM là-bas, à plus de 100 km d'ici. Un jour, il vient me voir. Il avait perdu pied. Deux loyers et des frais de transport sont de lourdes charges pour un petit salaire. Je lui fais une demande de secours pour régler ses deux mensualités de loyer de retard. Mais pour la commission sociale d'ici, son vrai domicile n'est pas sur la commune. Son domicile de secours est là-bas. Mais pour la ville de là-bas, c'est la chambre d'ici qui est à l'origine de ses difficultés. Pour l'HLM familiale, il perçoit l'aide personnalisée au logement. Pendant que les travailleurs sociaux se concertent, que les commissions retardent leur décision, M. Nordine rattrape petit à petit son retard sans plus parler à personne de ses ennuis.

Je fais aussi une demande d'aide aux ASSEDIC pour M. Tayeb. Il est chômeur, en allocation de fin de droit. Il perçoit 2 000 francs par mois et règle 850 francs de chambre d'hôtel. Il a quatre enfants aux pays. Un agent des ASSEDIC me téléphone pour que je lui précise le motif de ma demande. Je lui répète les termes de mon enquête : 2 000 francs par mois de ressources, 850 francs de loyer, 4 enfants à charge au pays. Il est incrédule :

« Il a quatre enfants, certes, mais là-bas la nourriture s'achète pour rien. Avec quelques centaines de francs, on nourrit toute une smala. »

Depuis octobre 1988, les événements d'Algérie nous ont révélé le manque et le coût très élevé des denrées alimentaires. Je le lui rappelle. Je lui rappelle aussi que M. Tayeb vit en France et que la nourriture est plutôt coûteuse chez nous. Il me répond :

« Ah non, pas pour eux ! Ces gens-là ne mangent pas comme nous ! On ne peut pas comparer leurs besoins et les nôtres ! De la semoule, quelques légumes, ça leur suffit ! »

Les ASSEDIC vont réfléchir…

Lors d'un entretien ultérieur avec une responsable, je lui avouerai être parfois déconcertée par les réponses de certains agents des ASSEDIC :

« Que voulez-vous, soupire-t-elle, ils ne sont pas formés aux questions sociales. Alors, chacun répond ce qui lui semble être de bon sens. »

2 600 francs par mois de loyer ! Je demande à M. Makan comment il a obtenu le logement avec ses 5 600 francs de salaire.

Depuis des mois, il passait tous les midis à l'agence immobilière située à côté de son travail. Il n'y avait jamais rien pour lui. Pourtant, il devait quitter au plus vite la chambre du foyer pour homme seul. Sa femme allait accoucher et si elle y était tout juste tolérée, les enfants ne sont pas acceptés. Un jour, il s'est effondré. Il n'a pas su se retenir et il s'est mis à pleurer devant les dames de l'agence. Stupéfaites et gênées, elles lui ont proposé ce studio.

Dans ses 18 m^2, il va falloir qu'il en accepte des privations pour se sentir à l'aise. Et il se détend un peu en pensant qu'on pourra l'aider de temps en temps. Il faudra lui « resituer le cadre de nos interventions ». « Des interventions qui ne s'attachent qu'aux besoins de stricte nécessité et qui ne peuvent soutenir des situations chroniquement en déséquilibre. »

Zahia est belle. De corps, de regard, de sourire. Belle de cette grande vitalité qui est en elle. Elle a tout juste vingt ans lorsqu'un cousin qui travaille à Paris la demande en mariage. Aînée d'une famille pauvre de dix enfants, elle quitte la Kabylie pour une cité tristement célèbre de la banlieue parisienne.

Le mariage arrangé, vite déçu, tourne en violences conjugales. « Une violence qu'elle n'a pas su gérer », m'expliquera le service social de son ancien domicile (!).

Sitôt réfugiée avec son enfant de deux ans chez une tante qui lui propose un accueil provisoire et sait tenir le mari en respect, elle entame des recherches de travail. Ses démarches sont rapidement menées à bien. Elle décroche un stage d'initiation à la vie professionnelle puis, donnant toute satisfaction à son employeur, un contrat à durée indéterminée comme hôtesse d'accueil dans un hôtel deux étoiles.

Alors commence l'éprouvante quête d'un logement. Pendant des mois, elle épluche les petites annonces, visite les agences immobilières. Mais avec son SMIC, son enfant à charge, son absence de garant financier, elle est partout repoussée.

Je tente d'intercéder en sa faveur auprès d'une agence qui a un petit studio à un prix raisonnable pour une location privée. J'explique que nous pouvons l'aider à régler la caution et les premiers loyers. L'allocation logement lui permettra ensuite de s'acquitter seule de son loyer. Les employés me regardent avec des yeux ronds. Pourquoi, moi qui suis de la mairie, je ne lui obtiens pas plutôt un HLM ? L'incompréhension est totale. Finalement, par connaissance, elle trouve une chambre dans une ancienne clinique reconvertie en meublé. 18 m^2 pour 1 800 francs. On lui fait une fleur en acceptant son enfant sans supplément de prix, et on le lui dit. Par contre, l'interdiction de cuisiner dans les chambres vaut pour elle comme pour les autres locataires. Le week-end, Zahia retourne chez sa tante préparer des plats qu'elle réchauffe la semaine dans un petit four à micro-ondes dissimulé sous une couverture.

Dès l'entrée dans les lieux, le loyer augmente. De 1 800 francs, il passe à 2 000 francs puis 2 500 francs et enfin 2 600 francs. 800 francs d'augmentation en moins d'un an. Cette fois, Zahia prévient le gérant. Elle n'acceptera plus un centime d'augmentation. Qu'il la foute dehors s'il le veut !

Prise à la gorge, elle vient me trouver pour solliciter une aide financière et le moyen légal de s'opposer à une nouvelle hausse de loyer. Je l'oriente sur une association de locataires. Elle se promet d'y aller avec des voisines qui subissent les mêmes augmentations abusives. Elles en discutent, mais elles sont étrangères, craignent les représailles et décident de ne rien entreprendre.

Le locataire qui, comme M. Makan face à un loyer trop lourd ou comme Zahia face à sa forte augmentation, voit ses moyens d'existence tomber au-dessous d'un seuil considéré comme minimum vital et sollicite l'intervention d'un organisme d'aide sociale sera vite l'objet de réprobation si sa demande n'est pas ponctuelle.

Et pourtant, que gagne-t-il dans l'affaire? Rien. L'argent qu'il sollicite en complément de ses ressources personnelles va directement dans la poche de son propriétaire. N'empêche, ce sera lui l'assisté! Lui qui aura à charge d'aller constituer une demande, de prouver ses difficultés, d'apporter tous les justificatifs afin qu'il soit procédé à un examen minutieux de ses ressources et de ses charges. Pour qu'au bout du compte, l'autre touche l'argent.

À qui profitent les allocations mensuelles quand le loyer coûte plus de la moitié des ressources du travail? 60 % des allocations mensuelles attribuées aux familles par le service de l'Aide sociale à l'enfance servent à payer les loyers, reconnaît le département. À qui profitent toutes ces aides de récupération de dettes, attribuées par les conseils généraux, les commissions d'impayés, etc., lorsque les prix sont prohibitifs, mais légaux au regard de la loi sauvage du marché, et que ce sont des familles aux abois qui acceptent les logements qui s'offrent à elles, quel qu'en soit le prix à payer et quelle qu'en soit leur indécence?

On traîne dans les services sociaux pendant des années et des années des familles à l'emploi stable, aux ressources régulières, parce qu'elles sont en mal de logement et que cette situation induit des déséquilibres financiers et des souffrances personnelles. Avec tous les risques qu'on leur fait prendre en les maintenant aussi longtemps et aussi absurdement dans des systèmes de dépendance.

« Il est plus facile de faire des demandes de secours que d'amener les individus, au travers d'une véritable action éducative, à leur autonomie sociale. » Voilà l'idée maîtresse de la formation, celle qui va conduire par la suite les attitudes professionnelles : renvoyer la personne à elle-même, à ses capacités à trouver ses propres solutions, à s'inventer un avenir possible… Et puis, « derrière la demande formulée (argent, logement, nourriture…) se dissimule la vraie demande : la demande de relation ». Une théorie qui réconforte, puisque ce qu'on ne peut donner n'est pas le plus important.

C'est pourquoi les assistantes sociales, longtemps formées à cette pédagogie du non-assistanat, ont si mal accepté les mesures du dispositif précarité-pauvreté, les restos du cœur, les distributions alimentaires et, dans une certaine mesure, le RMI.

Après s'être évertuées pendant des années à travailler éducativement les familles pour qu'elles vivent sans secours, voilà que, dès qu'on leur propose, elles font la queue à la soupe populaire, aux distributions de vivres… Et celles qui ne sont pas inscrites sur la liste veulent y être, font des pieds et des mains pour qu'on ne les oublie pas à la prochaine convocation et, parfois, ne décolèrent pas de ce qu'on a bien osé leur donner : des aliments périmés. C'est ainsi qu'un après-midi, des boîtes de conserve s'agitent dangereusement sous mon nez. Même si elles restent utilisables après la date limite de consommation, quel consommateur français en est informé ? Je prends donc le temps d'expliquer aux gens qu'ils peuvent manger sans problème : les aliments restent valables plusieurs jours, voire plusieurs semaines après la date de péremption inscrite sur le couvercle. Mais l'humiliation les rend furieux si bien que tout finit dans la rage et ma poubelle.

Il est vrai que la demande financière répétitive n'a rien de réjouissant pour nous qui sommes constamment obligées de la contenir, de la freiner, de la décourager. On aimerait bien que les gens trouvent les moyens de vivre sans faire sans cesse appel au système d'assistance. On aimerait bien qu'il offre un dépannage, un coup de pouce en cas de difficultés provisoires et pas toujours une réponse minimale et d'urgence à des familles en combat perpétuel avec le manque. Nous sommes loin, dans nos petits bureaux, des *stars shows*, de la jubilation chantante, de l'euphorie télévisuelle, lorsqu'on oriente pour la cinquième ou sixième année consécutive les mêmes familles vers les mêmes distributions hivernales. Et surtout, se demande-t-on, qu'y aura-t-il de changé pour eux ? Ils habiteront toujours le long du quai dans des logements vétustes et surpeuplés, dépenseront quatre à cinq fois l'électricité nécessaire à une aussi petite habitation, ruineront leurs finances mais n'auront rien à dire puisque la société en aura pris une partie en charge, puisqu'ils pourront tous les jours faire la queue pour retirer un sac de nourriture, qu'ils seront peut-être choisis lorsque la grande surface du coin offrira à la rentrée scolaire un cartable à vingt enfants défavorisés, ou lorsqu'un entrepreneur, dans un élan de générosité, offrira le restaurant à cinquante retraités démunis.

Le piston et les combines juteuses pour les uns qui viennent rappeler dans une société trop rationnelle que les liens sociaux existent. Les restaurants du cœur pour les autres qui, faute de liens sociaux, auront les liens du cœur tissés par mille petits donateurs, le plus souvent anonymes, sauf pour le Trésor public.

Sûrement, la demande matérielle a aussi valeur de symbole. On ne peut pas se dire autre chose lorsqu'on voit un RMiste ou assimilé occuper le service tout un après-midi, pour tenter d'obtenir deux tickets-restaurant ou même deux tickets de métro.

Comme si, au travers de son droit à l'assistance, il venait encore une fois prouver son existence sociale.

Soit on se lance dans une longue argumentation pour essayer de lui démontrer que sa situation ne justifie pas l'octroi, ou plutôt le renouvellement, d'une telle aide (ça peut durer très longtemps et se terminer par l'intervention des agents de sécurité de la mairie, même de la police, s'il s'énerve trop), soit on la lui accorde pour – soyons francs – qu'il débarrasse le plancher, au risque de voir rappliquer quelques jours plus tard ce farouche demandeur de deux tickets.

Les plus démunis, les plus déshérités, les plus défavorisés, les plus vulnérables, les sans-droits, les laissés-pour-compte, les économiquement faibles, les exclus, le quart monde, les populations nécessiteuses, les populations en grande détresse, les populations infra HLM… Que de termes n'invente-t-on pas pour qualifier les pauvres ! À force de les désigner, de faire des discours dont ils sont l'objet exclusif, de multiplier les mesures d'exception en leur faveur, on en fait un monde à part, un bras mort de la société que l'on panse généreusement – trop aux yeux de certains – par souci de solidarité.

Dans une commune voisine, lors d'une réunion de parents d'élèves où plusieurs d'entre eux se demandaient si l'abandon matériel de leur école par la municipalité n'était pas dû au fait qu'elle rassemblait sur son territoire 50 % d'enfants étrangers, une mère furibarde s'est écriée : « Oh que non ! Le maire loge lui-même des familles immigrées expulsées aux frais des contribuables locaux, dans de bons hôtels de la ville. C'est d'ailleurs un scandale qu'il faudrait ébruiter. »

Ce que cette femme ne savait pas, c'est que le département, et non la ville, a mis en place un dispositif « précarité-pauvreté » d'aide d'urgence. Il offre aux familles, en cas de mise à la rue, deux à trois nuits d'hébergement non renouvelables.

Après, il n'y a plus rien. Comme les centres d'accueil familiaux sont constamment complets, il leur faut seuls se débrouiller, retrouver les vieilles solutions : les hébergements de fortune chez les uns ou les autres, bien heureux encore si on évite la dislocation familiale.

Si c'est ce scandale qu'elle tient à ébruiter, elle le peut.

L'an dernier, toujours suite à la campagne « précarité-pauvreté », EDF relève, pendant le pont du 1er mai, les compteurs des familles qui ont sollicité une aide pour le paiement de leurs factures. Sur une centaine, trois sont absentes. La responsable EDF est furieuse. Comme deux se trouvent être sur mon secteur, elle me poursuit de sa hargne : « Ils sont bien présents pour demander mais ne veulent pas s'imposer de contraintes s'ils ont décidé de partir en week-end. Ces gens, on finira par ne plus les sentir ! » Quand tu sais que ceux qu'elle a dans le collimateur n'ont, de leur vie, presque jamais mis les pieds à Paris, alors qu'ils n'en sont séparés que par le périphérique et la Seine, tu es secouée. Mais cette responsable est très hostile à la campagne précarité-pauvreté EDF et le fait qu'on lui en impose le renouvellement depuis plusieurs années la met hors d'elle.

Voilà où on en arrive à multiplier toutes les formes d'interventions bien visibles. Une partie de la population pense que c'est bien facile de vivre pauvre puisqu'on se fait loger dans de bons hôtels de la ville et qu'on part en week-end pendant que le département règle votre note d'électricité.

C'est oublier tout de même que beaucoup de ces « assistés » travaillent, même si leurs salaires sont insuffisants, surtout à cause des charges de loyer, et que, parmi ceux qui ne travaillent pas, beaucoup l'ont fait pendant vingt, vingt-cinq ans et plus. Ils ont été terrassiers, manœuvres, OS dans l'automobile ou dans les blanchisseries industrielles, nettoyeurs... Ils ont occupé les métiers les plus sales, les plus mal payés, les plus abrutissants, les plus exposés à la maladie, à l'accident, au chômage. Et puis, si les familles demandent à ce qu'on les aide à payer le loyer, l'électricité, qu'on leur donne un peu de nourriture ou de vêtements, elles n'utilisent jamais bon nombre d'équipements sociaux, éducatifs, culturels ou sportifs, subventionnés par la collectivité. Ce qui leur est attribué l'est pour leurs besoins vitaux car ce sont chez elles les besoins à satisfaire. Les arts, la culture, le divertissement, le sport, les vacances, les voyages... ne sont pas pour elles des nécessités.

Un journaliste du *Monde de l'éducation* note dans un article que « les enfants qui regardent le plus la télévision sont ceux des familles pauvres. Mais, demande-t-il, combien de fois faudrait-il multiplier les piscines, les centres de loisirs, les bibliothèques... si l'on voulait donner aux enfants d'autres activités que la télévision ? »

Là se trouve un problème rarement posé. Du moins, jamais dans un service social.

On cite fréquemment les chiffres des aides attribuées aux familles pour les soutenir dans leurs difficultés. On ne les compare jamais à d'autres budgets sociaux ou culturels. Les familles plus aisées ne reçoivent-elles pas de l'argent public lorsqu'elles vont au musée, au théâtre, à l'opéra, lorsqu'elles jouent au tennis, au golf, lorsqu'elles mettent leurs enfants à la halte garderie, à la crèche, au conservatoire de musique, de danse, à l'université ? Lorsqu'elles partent en vacances en VVF, prennent le TGV ?...

Mais cette assistance financière ne se remarque pas tandis que devant la mère qui vient deux fois l'an retirer son bon de secours à la mairie, on se dit : « Tiens, celle-là, elle vient encore chercher de l'argent pour nourrir ses gosses. Et tout ça, avec nos impôts ! »

Dans les commissions aussi, certains s'acharnent à ne voir en eux que des inutiles au monde, au comportement de parasites. Une véritable invitation à la gangrène du corps social, ce buffet des laissés-pour-compte.

Il faut alors se méfier, y regarder à trois fois avant de laisser entrer :

« Ce chômeur qu'on dit en rupture de droit, n'est-il pas allé se carapater au soleil de son pays, comme *ils* le font souvent ?

« Pourquoi cette femme enceinte n'a-t-elle procuré aucun certificat médical ? Un coussin sous une robe peut faire croire un état de grossesse. La collègue à qui la remarque s'adresse est éberluée. Jamais elle n'a pensé à tâter ses clientes pour débusquer des bébés de chiffon.

« La maladie invalidante dont il est question dans l'enquête n'est-elle pas une malsaine maladie de l'âme, un délabrement alcoolique, une dépression, un chronique laisser-aller ?

« Il faut multiplier les rapports, les enquêtes, les visites. Mettre le holà ! Parce que les gens, c'est aussi de leur malignité, de leur sournoiserie, de leur rouerie dont il faut se méfier. Ils nous feraient faire n'importe quoi, ces bonimenteurs, si vous ne mettiez pas tout de suite des limites. »

C'est ce qu'ont pensé ces délégués d'association caritative qui n'ont pas voulu accorder de secours :

– à une femme, parce que, lors de la visite à domicile, celle-ci buvait une bière, à trois heures de l'après-midi, dans le logement même d'où elle risquait d'être expulsée ;

– à une famille, parce qu'elle élève trois chats et qu'on n'élève pas de chat quand on n'a pas de quoi nourrir ses gosses ;

– à cette musulmane de la première génération, parce que le rouge trop voyant qui colore ses lèvres ne la rend pas honnête.

C'est ce qu'a pensé cette mairie, en remettant en cause un moment l'attribution de secours, parce qu'un jeune de vingt ans qu'elle avait aidé à régler son mois d'hôtel avait été vu quelques jours plus tard en train de jouer au flipper. La belle affaire ! « Qu'il se grise de psychotropes aux frais de la Sécu, et personne ne trouvera rien à dire ! », dit la collègue qui s'en occupe.

Une bière, des chats, un peu de rouge à lèvres, des pièces dans un flipper… Tous ces comportements irresponsables, ça brise les élans charitables. Ça prouve que certains profitent trop de leur pauvreté.

Le RMI, en instaurant le droit à un minimum de revenu, fait ainsi échapper une partie des gens à ces aides données parcimonieusement, après un déballage des situations et avec des critères d'appréciation moraux parfois fort douteux. Il nous évite, après l'octroi de deux ou trois secours en faveur d'une personne, d'avoir à entamer un parcours de persuasion qui nous laissait, même si nous avions encore une fois obtenu à force d'argument une réponse favorable, toujours un peu lasses et honteuses.

Le pire, bien sûr, était les personnes isolées, totalement privées de ressources. Il fallait remonter des années et des années en arrière pour reconstituer l'histoire des ruptures, des coups durs qui les avaient amenées à la situation présente.

Les intéressés ne s'en souvenaient plus très bien. Les faits, les dates, tous les jalons d'une vie se perdaient au fond de leur mémoire confuse. La mémoire n'est pas fortiche quand la vie a fait défaut. Et puis avant, on quittait et trouvait un emploi en une journée…

On ressuscitait leurs souvenirs comme on pouvait à l'aide de vieilles cartes de Sécurité sociale, de certificats de travail, d'anciennes notes d'hôtel… On fabriquait un puzzle. On comblait les vides pour que la commission ne braque pas là ses regards et ses questions. Preuve lui aurait été donnée que le suivi social était insuffisant, ou la personne douteuse.

On recommençait deux ou trois fois. Guère plus. Lorsqu'une nouvelle présentation suscitait un refus indigné de la commission, on priait les intéressés d'aller se remettre instamment au travail. Personne ne pouvait prétendre vivre de secours. Ce qui a fait dire à des commentateurs éclairés uniquement par les chiffres qu'une majorité de RMistes était auparavant inconnue des services sociaux parce que rétive aux modes d'assistance traditionnels, préférant par dignité ne rien demander à la mairie, ou bien encore que nos services avaient failli dans leur mission de repérage et d'aide des personnes en difficulté. Encore une fois, les choses semblent plus simples. Comme le dit une collègue : « Au service social, une demande n'apparaît et ne persiste que s'il existe des moyens d'y répondre. » Lors d'une étude sur la population RMiste menée par le CERC (Centre d'étude des revenus et des coûts), une discussion entre les travailleurs sociaux de sept communes du département a fait clairement apparaître que les villes qui les secouraient, même faiblement, les connaissaient. Dix-huit des vingt-deux RMistes dont j'ai ouvert le dossier dans le mois qui a suivi le vote de la loi, m'étaient connus. La mairie, qui dans ce domaine n'est pas très regardante, leur avait accordé pendant l'année des aides sous forme de petits secours ou de repas. Les villes qui ne leur accordaient rien les ont, pour beaucoup, découverts.

Aujourd'hui, comme on le dit, le RMiste a gagné un statut. Il est sorti de l'image du bon à rien paumé, poivrot, pour intégrer une catégorie dont les principales caractéristiques ont été mises en évidence : pauvreté de la famille d'origine, fréquence des placements pendant l'enfance (22 % des RMIstes de notre département), absence de qualification professionnelle, fragilité des liens sociaux... Et puis, son profil se diversifie à mesure qu'arrivent, plus nombreux dans le dispositif, de jeunes diplômés, des artisans en cessation forcée d'activité, des femmes en rupture familiale...

On ne remonte plus à sa première embauche à l'usine pour lui délivrer trois francs six sous de secours, ou moins, ou rien, selon l'humeur de la commission. Il est RMiste, un point c'est tout. On se tourne vers le futur, vers ce qui va l'aider à se reprendre en main. Toute demande d'aide doit être présentée avec un projet visant un changement de situation. Cette exigence n'est pas valable seulement pour les RMistes. Elle l'est pour tous les sans-emploi-stable : intérimaires, contractants à durée déterminée... Dorénavant, les travailleurs précaires, occasionnels ou résiduels ne doivent plus vivre dans l'instant mais « former des projets à long terme dans une trajectoire personnalisée ». C'est mieux, certes, mais comment faire dans une société à la technicité croissante où l'on parle sans arrêt de guerre économique mondiale, de gain de productivité, de flexibilité, de diminution des effectifs, où des salariés qualifiés et performants sont mis en préretraite à cinquante ans à peine. Quels projets d'avenir élaborer avec ceux qui n'ont à offrir à l'entreprise que leur manque de qualification, leur inexpérience, leur illettrisme, leur âge avancé, leur santé amoindrie ? On aimerait bien les aider à trouver les chemins d'un destin plus prometteur que celui des petits boulots à répétition et des stages de quelques semaines ou de quelques mois sans nécessité et sans résultats. On aimerait bien leur ouvrir un peu l'avenir. On essaye mais il reste souvent aussi muré que les anciens hôtels meublés du quartier. N'en déplaise aux commissions, force est aujourd'hui de constater que la perspective d'avenir la plus probable d'un contractant à un emploi-solidarité (payé un demi-SMIC pour un mi-temps) est le retour au chômage ou au RMI. Mais, puisque partout on nous demande de bâtir avec eux des projets d'action par contrat, nous aidons les intéressés à en formuler. Parfois des vrais auxquels ils s'accrochent (les succès, s'ils sont rares, sont quelques fois étonnants). Parfois des vagues qui restent en l'air parce qu'ils n'en ont pas forcément les capacités ou n'en ressentent plus le désir. Pour les commissions qui accordent ponctuellement une aide, ce n'est pas trop gênant. Pour la commission locale d'insertion (CLI), dont les membres* les suivent étape par étape dans leur parcours d'insertion pour vérifier la tenue des engagements et pour s'assurer qu'ils sont bientôt arrivés à destination, ça l'est davantage.

Des fois, les dés sont tellement pipés qu'on renonce à jouer. Comme la CLI réclamait toujours son contrat et qu'elle ne répondait à aucune convocation, on s'était pourtant décidé, Valérie et moi, à aller voir Mme Gisèle qui vivait, paraît-il, dans une cave. C'est la patronne du café en bas de l'immeuble qui nous reçoit. Gisèle ne vit plus là mais dans de vieux hangars le long des berges de la Seine. C'est elle, la patronne, qui l'a poussée à faire sa demande de RMI après avoir entendu parler de la loi à la radio. Avant, elle venait chercher son mandat-lettre régulièrement, mais maintenant elle ne la voit plus. Il paraît qu'elle ne sait plus marcher et qu'elle ne veut plus entendre parler d'hôpital. « N'allez pas la voir, nous dit la patronne du café. Laissez-la en paix. Ça vaut mieux pour elle. Pour le temps qu'il lui reste à vivre… Ça vaut mieux pour vous aussi. Vous êtes jeunes et ce n'est un spectacle pour personne. Et puis, elle n'est pas seule là-bas. Les autres sont mauvais quand on pénètre sur leur territoire. »

La patronne a tenu à nous offrir le café qu'on avait commandé. On l'a remerciée pour tout et on a continué d'ignorer les demandes répétées de la CLI. Une CLI perpétuellement inquiète du trop petit nombre de contrats signés.

*Représentants de l'État, du département, de la ville et des institutions chargées de l'insertion.

5

DES EXPULSIONS

Mars 1991. Un mardi, notre secrétaire nous transmet un bref message du commissaire. Il expulsera la famille Kofi, un couple avec un enfant, avant la fin de la semaine. La famille habite sur le secteur d'une collègue en congés. On vérifie le nom. On ouvre le dossier. Effectivement, une affaire d'expulsion locative pour une famille zaïroise entrée en France en 1985, demandeuse d'asile politique. La famille vit « sans droit ni titre » dans un des logements achetés par la Direction départementale de l'équipement en vue de la construction de la voie rapide « rive gauche de Seine ». Informée de cette occupation illégale, la DDE a entamé à son encontre des poursuites judiciaires et le tribunal d'instance a prononcé son expulsion. Pour sa défense, la famille a pris un avocat dont les coordonnées figurent au dossier. L'avocat nous explique qu'il s'agit d'une affaire « d'escroquerie au bail » qui concerne en fait trois familles dans le même immeuble. Un faux bailleur les a interceptées alors qu'elles consultaient des petites annonces ou sortaient d'une agence immobilière. Il leur a proposé une location, leur a donné rendez-vous sur place et, là, leur a établi un faux bail et des fausses quittances. Après avoir reçu de la main à la main une caution et quelques mois de loyer, le bailleur s'est éclipsé. Les familles ont fait appel de la décision d'expulsion mais, devant le refus persistant de la DDE d'envisager une quelconque régularisation, la cour d'appel vient de confirmer le jugement et ne leur a pas accordé de délai supplémentaire. L'avocat a rendez-vous dans la semaine avec les familles pour le pourvoi en cassation. Nous téléphonons au commissaire pour tenter d'en savoir plus mais le commissaire est absent. « Le commissaire est toujours absent lorsqu'il s'agit d'une affaire d'expulsion », nous rappelle un collègue qui s'est trouvé dans une situation analogue quelques mois auparavant. Nous laissons au cours de la journée plusieurs messages à son secrétaire en lui demandant instamment de nous rappeler. Puis nous contactons la sous-préfecture. Comment se fait-il qu'une expulsion puisse être réalisée aussi rapidement et sans qu'aucune demande d'enquête sociale ne nous soit parvenue, comme la réglementation l'exige lorsque des enfants mineurs vivent au domicile ? La responsable du service « expulsions » ne sait que répondre :

« Oui, dit-elle, c'est étonnant. Surtout qu'ils ont un bébé.

– Non. Pas un bébé, une fillette de dix ans. »

Je rectifie, pensant qu'il s'agit de sa part d'une simple méprise.

« Quoi qu'il en soit, ajoute-t-elle, l'expulsion est signée du sous-préfet. Elle aura lieu. À vous, services sociaux, de faire admettre la famille dans un centre d'hébergement d'urgence ou de la faire reloger par l'OPHLM de la ville ! »

Des solutions faciles comme bonjour à trouver quand c'est aux autres de faire.

Nous contactons encore notre responsable hiérarchique départemental qui confirme : « Une expulsion signée est inéluctable, elle ne sera pas différée. Vous avez les bons d'hébergement à votre disposition, le foyer de l'enfance pour l'accueil de la petite au cas où la famille se trouverait sans solution. » Elle suggère tout de même de nous mettre directement en rapport avec la préfecture, qui possède sûrement de plus amples informations sur ce litige entre la DDE et ses faux locataires. La préfecture est tout aussi formelle : « Non seulement cette expulsion aura lieu mais sera suivie de nombreuses autres. La DDE est déterminée à en finir avec la squatterisation de ses immeubles. Tous les squatters du quai seront délogés dans les mois prochains. » Cette désolante nouvelle nous plonge dans une grande inquiétude. Les squatters du quai occupent seulement deux pavillons et, partiellement, un immeuble. Mais ils sont très nombreux, dans le genre indénombrable même. C'est noir de monde, de la cave au grenier. Des Zaïrois pour la plupart. Dans chaque pièce d'habitation, une famille. Et 5 m^2 en sous-sol, sans lumière et sans aération, inondables en cas de fortes pluies du fait de la proximité des berges de la Seine, constituent là-bas une pièce d'habitation capable d'héberger jusqu'à trois personnes. Et même des enfants ! Nous ne connaissons qu'une partie des familles. Des familles fragiles, souvent du ressort de la protection de l'enfance. Là encore, nous y sommes bien engluées, tant est grand l'emmêlement des manques matériels et des carences éducatives.

Pour l'heure, nous décidons avec une collègue, de nous rendre au domicile des expulsés. Peut-être trouverons-nous quelqu'un et d'autres explications. L'immeuble nous surprend. Il ne s'agit pas d'une de ces lugubres habitations qui longent le quai jusqu'à l'usine automobile en attente de démantèlement. Au-delà des hautes bâtisses de l'usine et des bureaux en tôle grisâtre, le quai devient plus sinistre encore avec ses maisons murées aux volets arrachés, ses petits commerces à l'abandon, ses immeubles bas, tordus et délabrés. Mais cette partie-là se trouve sur une autre commune. Non, ici l'immeuble est propret et confortable. Au vu des boîtes aux lettres, il semble plein comme un œuf. Pourquoi alors cette précipitation de la DDE afin de reprendre possession d'un logement qu'elle va laisser vraisemblablement vacant pendant plusieurs années ? Cette expulsion est singulière tout de même ! Comme l'appartement est désert, nous laissons un message. Le lendemain matin, M. Kofi se présente à notre service. Il apprend avec angoisse que l'expulsion va être réalisée dans les jours qui viennent et s'avoue sans solution. Il a essayé de convaincre son employeur (une chaîne de restaurants) de l'urgence de sa situation mais, à l'heure actuelle, aucun logement n'est disponible. Il comptait sur le pourvoi en cassation pour lui donner le temps de trouver un autre appartement. Je contacte l'adjoint au maire. Peut-il recevoir Monsieur Kofi en urgence ? Peut-il au moins demander au commissaire de retarder d'un ou deux mois l'expulsion, le temps pour nous d'essayer de trouver à cette famille une solution d'hébergement ? Je sais par son secrétariat que les deux hommes se rencontrent fréquemment et ont déjeuné ensemble pas plus tard que la veille. Cette démarche ne doit pas trop lui coûter. Et puis, la DDE, c'est le ministère du Logement, la loi Besson, le dispositif d'aide aux plus démunis, la recherche de logements vacants et la mise en place des baux glissants... Si une solution momentanée ne peut se négocier avec elle, avec qui négocier alors ? L'adjoint au maire refuse d'accorder une audience à M. Kofi. La mairie n'a rien à voir avec les squatters de la DDE. Que l'État les prenne en charge ! J'insiste bravement, ne sachant, à vrai dire, que faire d'autre. Sans succès. Mais, sans doute gêné par mon insistance, il me rappelle quelques minutes plus tard : le maire vient de lui confirmer que la ville n'avait pas à se mêler de cette histoire. Dans le même temps, la consultation d'orientation judiciaire que nous tentions vainement de joindre depuis la veille nous apprend que le pourvoi en cassation ne suspend pas l'expulsion. Conjointement à cette procédure, la famille aurait dû demander au tribunal d'instance un référé-délai mais leur avocat ne leur en a pas parlé. Et maintenant, il est trop tard pour espérer entreprendre une quelconque démarche. C'en est fini de notre intervention. Nous ne pouvons plus être d'aucun secours à M. Kofi. Nous lui donnons les coordonnées de l'Association de solidarité avec les travailleurs immigrés (ASTI). Peut-être pourra-t-elle lui apporter un soutien, tout au moins lui garder ses meubles... Cette association, très active dans le quartier, s'occupe notamment beaucoup des enfants, auprès desquels elle effectue un véritable travail de prévention. D'ailleurs, M. Kofi la connaît bien. Sa fille Amandine fréquente deux fois par semaine leur atelier d'aide aux devoirs.

Le lendemain, Brigitte, la puéricultrice de secteur, nous appelle affolée. L'hôpital lui avait demandé d'effectuer, dans le cadre de son travail de protection maternelle et infantile, une visite post-natale chez une accouchée, sortie la veille. L'enfant né prématurément par césarienne était sous traitement antibiotique. Son état de santé restait précaire ainsi que celui de sa maman, soignée par piqûres deux fois par jour. L'hôpital, un peu inquiet de leurs départs, souhaitait s'assurer que le retour au domicile se passait bien. La puéricultrice avait trouvé la jeune mère avec son bébé, épuisée physiquement et émotionnellement, dans un couloir de son immeuble, au milieu d'une trentaine de policiers et d'un amoncellement de valises et de cartons. Elle venait d'être expulsée, avec la famille Kofi et une troisième famille, les Assa. Devant l'état de choc de la mère, la puéricultrice avait prié le commissaire de bien vouloir rouvrir une porte pour la laisser s'allonger et se reposer le temps de négocier son retour à la maternité. Mais celui-ci avait refusé.

Avec ma responsable, nous nous rendons sur place. Trois cars sont stationnés au bas de l'immeuble. Le déploiement d'uniformes est impressionnant. On se croirait dans un film : une histoire de répression du grand banditisme. L'ascenseur a été bloqué. Les policiers sont postés le long des étages. Les Zaïrois, amis, cousins, voisins appelés à la rescousse, sont aussi très nombreux. On se fraye à grand peine un chemin jusqu'à l'appartement où se trouve la jeune femme. Après le départ du commissaire, une porte a été forcée par un militant communiste du quartier. La jeune femme s'alimente un peu. Ses compatriotes lui ont fait chauffer du lait et préparé des tartines. L'expulsion a eu lieu peu avant midi. Les téléphones ont été arrachés, des objets fracturés, piétinés, les locataires menottés. Mme Assa, mère d'un petit garçon de trois ans, a été blessée à la main et porte un bandage. « Une expulsion très violente », nous expliqueront les membres de l'ASTI présents lors de sa réalisation. « Mais une expulsion est toujours violente », nous répliquera la conseillère technique, avec un haussement d'épaule agacé, en venant dès le lendemain chercher en urgence un rapport sur les circonstances et le déroulement de l'expulsion, à la demande du président du conseil général.

« Qui a ouvert ? » hurle le commissaire hors de ses gonds devant la porte démontée.

« Cette fois, c'est violation de domicile. C'est très grave. C'est la prison. Foutez-moi tout ça dehors ! » ordonne-t-il a ses hommes.

Quelques secondes de plus et nous allons aussi être prises dans la bousculade, poussées dans l'escalier, évacuées par la force. Je dis très vite au commissaire que nous sommes les services sociaux et que, contrairement à ce qu'il a affirmé aux familles quelques heures plus tôt, nous n'avons pas de solution pour elles.

« Tout le monde se défile dans cette histoire, constate, amer, le commissaire, encore essoufflé par la montée des étages. Personne ne veut prendre ses responsabilités ! »

Comme si nous étions partie prenante de la décision d'expulsion ! C'est bien à lui de nous faire la morale, lui qui nous avertit l'avant-veille d'une expulsion, alors qu'il en réalise trois et qui ne daigne répondre à aucun de nos appels téléphoniques. La porte est refermée. Sous la poussée des policiers tout le monde se retrouve massé sur le palier puis en bas dans le hall de l'immeuble. Amandine revient de l'école. Elle ne comprend pas ce qui se passe. Elle s'énerve, veut poser son sac, prendre son goûter, finir ses devoirs. « Reste là, lui ordonne fermement son père en la retenant par le bras. Tu n'as plus de goûter, plus de maison et plus d'école ! » Il est dix-huit heures. L'expulsion réalisée, les locataires et leurs affaires à la rue, il ne nous reste qu'à regagner le service à la recherche de quelques nuits d'hébergement et d'une structure d'accueil mère-enfant pour la jeune accouchée et son bébé. Il nous faut passer, comme chaque fois, des dizaines et des dizaines de coups de fil. Nous nous aidons d'abord de la souche du carnet qui nous indique les hôtels qui ont accepté les bons dans les semaines et les mois précédents. Mais, à cette heure-là, les hôtels sont pleins à craquer. Une collègue restée un peu tardivement au service nous aide et, à force d'appel, nous finissons par décrocher trois chambres dans deux hôtels différents. Cependant, une des chambres n'est vacante que pour une seule nuit. Demain, il faudra en trouver une autre. Un des cinq centres maternels contactés accepte la mère et l'enfant pour une durée d'une à deux semaines. Il est presque vingt heures lorsque nous sommes de retour sur place. Des agents de la DDE murent les appartements. Les policiers sont toujours aussi nombreux. Les membres de l'ASTI sont revenus. Juste après nous arrivent un conseiller général, un journaliste de la presse écrite et puis le commissaire qui déclare à tous que cette expulsion ne lui plaît pas, mais ne lui plaît pas du tout, mais qu'il a reçu des ordres... Avant de procéder à l'expulsion, il avait ouvert son dossier à la demande des membres de l'ASTI présents : y figuraient une lettre du maire et la lettre du sous-préfet autorisant l'expulsion. Il avait ajouté que le préfet lui-même avait donné son accord. Il laisse entendre maintenant, à ceux qui s'étonnent de la rapidité de l'exécution du jugement d'expulsion et de l'importance des forces de l'ordre requises, que le motif de l'expulsion n'est qu'un prétexte. Il s'agit en fait de gens douteux, au séjour irrégulier, aux mœurs tapageuses, qui ne travaillent pas et vivent de trafics divers.

Les familles accueillent très froidement nos bons d'hébergement. Si elles se dispersent ce soir dans des chambres d'hôtel, leur problème sera définitivement réglé. Puisqu'on les veut dehors, eh bien, elles y resteront.

Peu à peu, le calme succède aux allées et venues incessantes, à l'agitation, à la nervosité de l'après-midi. Des groupes se font et se défont au fur et à mesure des conversations, dans une atmosphère d'attente. Le père du bébé raconte qu'il a reçu hier un message de félicitations du maire pour la naissance de son enfant. Il rit jaune. Nous avec. Un instant seulement la tension monte, lorsque deux résidentes traversent précipitamment le hall. Elles sont soupçonnées d'être pour quelque chose dans l'expulsion. Mme Assa et sa cousine, qui travaillent en maison de retraite, les apostrophent :

« Vous êtes riches, vous avez de belles maisons. Un jour vous serez vieilles et vous pisserez sous vous. Et c'est nous qui vous nettoierons les fesses. On en nettoie des vieux qui ne nous auraient pas jeté un regard avant. Ils sont moins fiers aujourd'hui ! »

Un expulsé lance encore :

« Peut-être pourrions-nous vivre dans nos pays, comme vous le dites, si nos gouvernants n'étaient pas les valets des vôtres ! »

Plus tard, le commissaire se laisse aller aux confidences et éclaire l'expulsion d'un événement survenu quelques jours plus tôt. Ce soir-là, le maire avait reçu une délégation de copropriétaires de l'immeuble. L'un d'entre eux, connu pour ses idées extrêmes et rendu fou furieux par la présence des Zaïrois, avait promis du grabuge si on ne nettoyait pas rapidement l'immeuble. Le maire a-t-il craint véritablement que les tensions ne dégénèrent en incidents graves, ou a-t-il trouvé dans les propos du copropriétaire une raison pour exiger qu'il soit procédé en urgence aux expulsions ? Difficile de savoir quel a été l'exact enchaînement des faits. Mais, s'il est vrai que des troubles puissent naître de comportements culturels différents et même rendre la vie de voisinage intolérable, l'étrange dans cette affaire c'est que jusqu'à présent aucune plainte de tapage nocturne n'avait été déposée, aucun rapport de police n'avait consigné la cohabitation infernale. Tout s'était joué à l'hypocrite. On bloquait les enfants dans l'ascenseur ; des gestes anonymes pour reprocher à leurs parents de ne pas payer leurs charges. Mais, de vive voix, en face-à-face, au dire des uns et des autres, il ne s'était rien passé.

La jeune accouchée fait mal à voir. Exténuée, silencieuse, pliée en deux sur une valise, les mains sur sa cicatrice. Il n'est pas pensable qu'elle passe la nuit ainsi. On s'arme une nouvelle fois de persuasion pour convaincre les femmes de l'emmener et d'aller, elles aussi, se reposer avec leurs enfants à l'hôtel. Elles hésitent encore puis, finalement, acceptent. Il est presque vingt-trois heures quand nous partons.

Le lendemain, les expulsés plantent au bas de l'immeuble des tentes prêtées par Emmaüs, l'ASTI et l'association « Droit au logement ». À l'ouverture de la mairie, une délégation rassemblant les enseignants des enfants, les directeurs des écoles et les représentants des familles expulsées est reçue par l'adjoint au maire qui sollicite l'assistance de ma responsable de service. Les enseignants sont consternés d'apprendre que les enfants sont à la rue, dispersés pour quelques jours dans des hôtels et privés d'école. Jusqu'à présent, ils n'ont eu qu'à se féliciter des rapports entretenus avec ces familles. Ils ne comprennent pas les jugements sévères qui tombent sur eux. Les enfants sont bien soignés, éveillés, suivis régulièrement sur le plan scolaire. Ils ne semblent pas fatigués en classe par la prétendue vie tapageuse de leurs parents. Ils ne s'expliquent pas cette offensive musclée pour les jeter dehors. Ils demandent que des moyens soient pris pour que les enfants réintègrent au plus vite leur classe.

L'adjoint est ébranlé par l'ampleur que prend cette histoire. Il ne soupçonnait pas que l'expulsion de trois familles noires ameuterait le quartier. Si tout le monde s'en mêle... Sa voix n'est plus remplie des certitudes de l'avant-veille (La mairie n'y est pour rien. C'est l'affaire de l'État...). S'il avance encore son impuissance c'est prudemment, avec des petits hochements de tête et des regards en coin. Pour le logement rien n'est possible mais, par contre, il propose aux expulsés de prendre en charge leurs affaires. La mairie en assurera le transport, payera le garde-meuble et d'autres bons d'hébergement pourront leur être délivrés.

C'est moi qui, le lundi suivant, leur apporte les bons d'hébergement supplémentaires. Je vais directement au campement, là où pendant la journée les mères rejoignent avec leurs enfants leurs maris. Elles font la cuisine sur un petit brasero et les policiers, ceux-là même qui les ont expulsés, leur apportent du bois. Les gens du quartier leur donnent des fruits, de la soupe, un peu d'argent et viennent discuter avec eux. M. Paul, ancien d'Algérie, ancien taulard, ancien clochard qui vient de temps à autre à la permanence nous faire remplir ses papiers, est là. Il leur a donné un petit billet. « J'aime pas les étrangers, me confie-t-il, mais laisser des familles coucher à la rue, c'est pas normal. » Lui pourtant ne se plaint pas de ses années passées sous un pont. Il avait ramené de la moquette, il écoutait la radio, il avait tout ce qu'il lui fallait. Enfin, presque... Depuis six ans qu'il perçoit une « allocation handicapé adulte », il vit à l'hôtel parmi les Arabes et il n'y a pas plus réglo que lui pour payer le loyer. Sans doute informées de ma qualité d'assistante sociale, quelques personnes me prennent verbalement à partie. « Qu'est-ce que je fais et que fait la mairie ? » Je suis dans l'embarras. J'explique que l'obtention d'un logement est toujours très longue et très compliquée. De plus, leur statut d'occupant sans titre les écarte d'un éventuel droit au relogement. Ils m'écoutent avec impatience, visiblement insatisfaits. « Et vous appelez ça aider les gens ! » Comme ils deviennent plus virulents et que j'en ai ma claque qu'on s'abatte sur moi comme la pluie (je suis toujours là où ça mouille depuis le début de cette affaire), je leur indique avant de tourner les talons que le maire a un téléphone vert et qu'ils peuvent lui adresser un message de mécontentement. L'ont-ils fait ? Je ne sais pas. Peu de gens osent, craignant des ennuis ultérieurs le jour où ils auront besoin des services de la mairie.

Une de mes amies a abandonné le travail de secteur après une expérience semblable. Son employeur, une commune voisine, avait exigé sa présence lors de l'expulsion d'une famille : une femme seule avec quatre enfants en bas âge (dont un bébé de six mois), squatteuse d'un logement HLM de la ville de Paris. Elle avait obéi à contrecœur. Le jour même, elle n'avait pas eu à intervenir pour placer les enfants car la famille avait trouvé refuge chez une voisine de palier. Deux jours plus tard, lorsqu'elle était venue lui porter des bons d'hébergement, elle s'était trouvée nez à nez avec les vigiles et leurs gros chiens muselés qui continuaient à garder l'ancien logement squatté pour éviter toute réinstallation. Ils lui avaient demandé d'un ton mauvais : « C'est quoi votre boulot, au juste ? Nous, on garde. On est payé pour ça. Mais vous ? Remuez-vous ! Vous voyez pas qu'elle a besoin d'un logement, cette femme avec ses quatre gosses ! » Décontenancée, mon amie n'avait pas su répondre. Elle était repartie au service, stupide, furieuse contre elle-même et contre ces brutes épaisses qui la traitaient comme si elle était responsable de tout. Plus tard, lors d'une réunion de circonscription, à l'occasion de la visite de la conseillère technique départementale, elle avait raconté l'incident et posé à l'équipe au grand complet la question : « Où est notre mission de protection de l'enfance, là-dedans ? Quel rôle jouons-nous en proposant aux parents sans logement l'accueil de leurs enfants à l'Aide sociale à l'enfance ou en les poussant, avec quelques bons d'hébergement en poche, vers des situations de plus en plus fragiles et incertaines ? » Mais, ce jour-là, il y avait beaucoup de problèmes immédiats à résoudre : les congés, les formations, les remplacements et on n'avait pas eu le temps d'aborder sa question. D'ailleurs, on n'a jamais le temps d'aborder cette question. Sans doute ne trouve-t-on pas là suffisamment matière à réflexion.

Le lendemain, à mon grand étonnement, mon chef de service m'apprend que le maire a demandé à la préfecture le relogement en urgence des expulsés. Les familles sont passées à la télévision et leurs propos, comme les banderoles accrochées à leurs tentes, ne sont pas le genre de publicité qu'apprécie le premier magistrat de la ville. Effectivement, immédiatement convoquées à la préfecture, après vérification de la régularité de leurs titres de séjour et de leurs feuilles de paye, elles sont relogées. En remettant à M. Kofi les clés de son nouvel appartement, la secrétaire générale du cabinet du préfet trouvera l'homme charmant et nous le fera savoir par téléphone. Voilà maintenant qu'on le reçoit en haut lieu, qu'on règle son problème en urgence et qu'on lui fait compliment de son caractère ! Bien joué, M. Kofi. Les gagnants ont toujours raison.

Tout de même, trois logements en une seule journée... J'en suis pantoise ! Moi qui en douze ans de travail n'en ai guère obtenu plus. Et encore, c'étaient des relogements quasi inévitables mais qui donnaient par la suite aux organismes la possibilité de vous rappeler qu'ils vous avaient déjà satisfaite.

Trois logements en un seul jour alors que le dernier relogement auquel j'avais directement contribué avait été obtenu au bout d'une longue suite de négociations. Un logement appartenant au contingent préfectoral avait fini par être attribué à une famille avec deux jeunes enfants expulsée d'une chambre de bonne que la propriétaire voulait récupérer pour sa fille étudiante. La famille avait signé le bail. Puis, la préfecture l'avait repris pour un cas encore plus urgent, plus prioritaire. Il avait fallu de nouveau attendre des mois, intervenir à plusieurs reprises auprès du commissariat pour que l'expulsion par la force publique n'ait pas lieu, subir les assauts constants de la propriétaire se demandant quand elle pourrait disposer de son bien, répondre aux interrogations angoissées de la famille qui ne savait plus si elle devait faire ou défaire ses balluchons.

Le même jour, notre grand chef, la conseillère technique départementale, rend hommage à notre travail : Si on avait choisi de rester au service, bien calées sur nos chaises, derrière nos bureaux lointains, attendant qu'ils se présentent pour leur proposer, comme seul secours, le placement de leurs enfants et quelques bons d'hôtel, les expulsés auraient pu s'en plaindre publiquement sur les ondes de radio, sur les chaînes de télé. Et l'image du service social, déjà mal en point, en aurait été une nouvelle fois affectée. Mais, on avait été présentes, sur place, à l'écoute, et pendant des heures. Du coup, on était, et pour un soir, des assistantes formidables !

Deux ans après l'expulsion sauvage de l'hôtel *Espérance*, le soir du bicentenaire, la justice accorde à M. Bachir 2 000 francs d'indemnisation. Ce n'est pas beaucoup mais ça restaure la dignité, comme on dit. Il y a tout lieu de le croire car la nouvelle le remplit de satisfaction et de soulagement. Cependant, son destin ne se décide pas à le laisser tranquille. Il est à nouveau dans les ennuis. On les devine de loin, un matin, lorsqu'il arrive à la permanence. Chaque fois qu'il va mal, M. Bachir se rase le crâne, une manière à lui de nous prévenir. L'hôtel où il vit maintenant va être vendu et transformé en studios destinés sans doute à accueillir, pour deux ou trois nuits consécutives, la clientèle des bureaux qui ont désormais envahi le quartier.

L'angoisse de l'expulsion refait surface et le plonge dans un état d'abattement et de tristesse qu'on ne lui avait pas vu depuis longtemps et qui fait peine. Je crois bon de m'en ouvrir au médecin du dispensaire d'hygiène mentale qui le suit. « Oh !... M. Bachir ! me rétorque-t-il, de toute façon, il organise sa vie autour d'une plainte continuelle. »

Eh bien oui, parfois, les médecins psychiatres ont le diagnostic sûr et savent trouver les mots qu'il faut pour apaiser la souffrance du patient.

Une autre fois, je m'occupe d'une dame. Elle n'allait vraiment pas fort. Groggy par les médicaments. Amaigrie jusqu'aux os. Des gestes saccadés d'automate. Un visage tout contracté. Les mâchoires, les narines, les yeux noués.

Elle voulait absolument travailler. Elle avait trois enfants à élever.

Elle trouve un travail. Elle le perd. Elle en trouve un autre. Elle le reperd. Entre-temps, elle est hospitalisée en psychiatrie. En sortant, elle se remet aussi sec à chercher. Avec une ténacité que rien ne rebute, ni le salaire, ni la pénibilité, ni les horaires. Elle retrouve un emploi de ménage de cinq heures à neuf heures du matin dans un fort militaire. Elle y va à pied. À cette heure les transports en commun ne fonctionnent pas. C'est à une demi-heure de marche.

Je ne dis rien. Je ne veux pas la fâcher. Je sais qu'elle va me lancer qu'elle a ses gosses à élever et que ce n'est pas moi qui vais les élever à sa place ! J'ai l'habitude et c'est la stricte vérité.

Quelques semaines plus tard, elle retourne voir le médecin psychiatre au dispensaire d'hygiène mentale pour se faire arrêter. Elle n'en peut plus. Elle n'arrive même pas à pousser les grosses cireuses industrielles. Sa collègue fait un foin de tous les diables parce qu'on lui a collé une empotée et qu'elle doit se taper le boulot seule. Eh bien, le médecin, une jeune femme toute fraîche émoulue des études de psychiatrie qui ne l'avait vue qu'une fois auparavant lui octroie du bout des doigts un certificat d'arrêt de travail pour une période très limitée, en lui lançant qu'elle a la phobie du travail.

Phobie... Sans doute elle ne savait pas exactement ce que cela signifiait mais, d'instinct, elle a senti l'insulte. Ces mots-là se sont plantés vifs et blessants dans sa tête. On n'a jamais pu lui extirper. Depuis, elle remâchait cette histoire et chaque fois que je la revoyais, elle me la serinait.

Une fixation, ça s'appelle en psychiatrie !

Un an après, M. Bachir est relogé. La cellule-logement lui a proposé une chambre dans un foyer d'isolés situé dans une commune de la grande banlieue ouest. Le foyer fait tache dans cette ville où tout, résidences, commerces, voitures, rappelle l'aisance de ses habitants. Malgré son éloignement, ce n'est pas la première fois qu'on nous le propose car il est difficile à remplir. M. Bachir s'adapte mal à son nouvel environnement. Il se plaint de la vie chère et de son isolement. Il pense revenir sur la ville. Mais un toit est un toit. Il n'a pas le choix de toute façon, alors il le garde. Il se contente de nous écrire et parfois de téléphoner.

Peu après, on propose à M. Michel le même établissement. Il refuse pour deux raisons. La chambre engloutirait plus de la moitié de sa retraite. Mais, surtout, avant que n'arrive cette proposition, dans un repas organisé pour les personnes âgées, un élu lui a promis d'appuyer sa demande de logement. La promesse l'a enthousiasmé mais, depuis, il n'a plus jamais entendu parlé ni d'elle ni de l'élu. Le temps défait doucement ses illusions. Peut-être sera-t-il bientôt prêt à quitter ces quartiers populaires qui ont fait l'essentiel de sa vie ?

« Il faut, pour une société plus juste et plus fraternelle, réaménager le territoire par la solidarité, remailler le tissu social par des réseaux d'entraide et des actions de proximité afin que chaque homme se réapproprie une vraie citoyenneté et trouve sa place en complémentarité aux autres. Voilà le véritable sens à donner au mot insertion. »

Un matin, alors que l'humanisme et la générosité de ces discours (prononcés lors d'un récent et grand rassemblement Paris-province sur le thème « RMI, pour quelle insertion ? ») résonnent encore fortement dans ta tête, c'est trois travailleurs sans histoires qui trouvent leur place dans ta salle d'attente, parce qu'ils n'ont plus de toit. La veille, on a muré leurs chambres pendant qu'ils étaient au travail. Nous sommes le 2 juillet 1991. Ces trois-là ne nous sont pas des inconnus. Nous les avons rencontrés pour la première fois en avril. Déjà, ils venaient nous faire part de leurs inquiétudes. Leur propriétaire, qui projetait de vendre son hôtel meublé à un promoteur dans le cadre d'une opération d'urbanisme, leur avait envoyé une lettre recommandée avec accusé de réception. « Je vous confirme qu'il convient de quitter la chambre que vous occupez avant le 1er mai 1991. » Depuis, il les menaçait, exerçait diverses pressions pour obtenir précipitamment leur départ. Il était entré chez l'un d'eux la semaine dernière et, profitant de son absence, lui avait déchiré des papiers personnels. Sur notre demande, le service d'urbanisme les reçoit une première fois et prend note de leur situation. La mairie a déjà eu vent de pressions identiques exercées sur les locataires d'un immeuble voisin appartenant au même propriétaire. Il les rassure, leur demande de garder contact, de ne pas hésiter à le prévenir si les agissements du propriétaire deviennent violents. Au besoin, il en tiendra informé le commissariat. En juin, les locataires se présentent à nouveau à notre service. Les altercations verbales sont de plus en plus fréquentes avec un propriétaire qui les veut à la rue avant la fin du mois. Le service d'urbanisme les reçoit une deuxième fois et les oriente vers le promoteur immobilier. Celui-ci leur précise qu'il achètera l'hôtel vide. Il vérifiera au moment de la vente. Dans le cas contraire, il en diminuera le prix et indemnisera d'autant les occupants restants.

Mais, hier soir, tout était fini. Leurs chambres étaient murées et eux ne savaient plus quoi faire, ni où aller.

Encore une fois, nous n'avions rien pu éviter. Il nous avait semblé pourtant que la mairie, rendue prudente par l'affaire des Zaïrois, se prêtait mieux au dialogue et à la concertation. Il nous avait semblé aussi que nous avions pris les choses suffisamment à temps pour que cela ne finisse pas comme d'habitude dans la violence d'une expulsion sauvage. Le commissariat, prévenu le soir même, leur demande de se présenter le lendemain à neuf heures. M. Djamel part dormir dans une voiture prêtée par un ami. Il est employé depuis dix-sept ans dans une école privée comme homme d'entretien et gagne 5 500 francs par mois. Les autres, M. Claude et M. Rabah retournent sur leur lieu de travail, une petite entreprise de mécanique où ils sont ouvriers, pour un salaire d'environ 7 000 francs. L'employeur leur propose de les héberger quelque temps dans les locaux de l'usine.

Le lendemain, la police refuse d'enregistrer « une plainte qui ne servira à rien » et leur conseille d'aller plutôt au service social où, là, on pourra les aider à se reloger. Nous les renvoyons au commissariat, munis d'une lettre d'accompagnement pour qu'ils n'essuient pas un nouveau refus. Cette fois, la plainte est enregistrée.

Le promoteur, joint par téléphone, nous explique qu'il a muré les chambres après avoir procédé à leur inspection. Une première fois, des objets divers, des vêtements entassés dans le couloir lui avaient paru suspects. Le propriétaire les avait alors désignés comme des affaires abandonnées par les locataires, des saletés dont il allait se débarrasser sur-le-champ en les brûlant. De fait, l'après-midi même, il ne restait plus rien. Les chambres pouvaient être murées et la vente signée. Le promoteur précise qu'il n'avait pris aucun engagement concernant le relogement des locataires de l'hôtel. Le propriétaire s'y était opposé, préférant vendre son bien au prix fort. De leurs départs, disait-il, il faisait son affaire. En ce qui concerne l'immeuble qui jouxte l'hôtel, l'accord signé est différent. Lui, le promoteur, se charge du relogement des familles moyennant une diminution du prix de vente. M. Soubéri, ex-propriétaire nous appelle. Désolé, il ne comprend pas. Son hôtel lui semblait vide et c'est dans la certitude du départ de tous les locataires qu'il avait signé la vente. Il demande que nous le recevions. Craint-il des histoires avec le promoteur, avec la mairie ?

Lors de l'entretien, il se plaint surtout d'avoir été forcé de vendre, de devoir quitter la ville... Bien sûr, il a pris comme acheteur le plus offrant des promoteurs et l'hôtel était si convoité... Comment résister ? Il rit encore pour lui seul de cette bonne aubaine. Bon, il vient pour régler à l'amiable l'affaire des expulsés. Que peut-il faire ? Comme l'hôtel s'est vendu à prix d'or, on lui propose d'en consacrer une infime partie à l'indemnisation des ex-locataires pour leur permettre de se réinstaller ailleurs.

Les sommes pourraient varier en fonction du nombre d'années d'occupation, comme cela s'est pratiqué, trois ans plus tôt, pour un autre hôtel. Là encore, la partie avait été rude avec un aménageur sans scrupule qui n'avait reculé devant aucun moyen d'intimidation, allant jusqu'à faire détruire par un bulldozer l'entrée de l'immeuble. Bien entendu, lui aussi n'avait agi que dans la certitude d'un hôtel entièrement vidé ! Il se trompait. Grâce à l'action opiniâtre de collègues, qui n'avaient pas craint de sacrifier nombre de leurs soirées libres, et à celle des locataires, qui avaient appris ce que le mot « solidarité » voulait dire, tout s'était terminé à une table de négociation où l'aménageur avait indemnisé seize familles ou isolés reconnus par lui comme « occupants de bonne foi ».

L'ex-propriétaire n'est pas contre notre proposition mais pour éviter toute confrontation avec ses anciens locataires, il nous demande de nous adresser directement à son notaire, véritable négociateur de la vente. Le notaire est confus de cette histoire de chambres murées ; surtout, il est en colère contre son client. S'il l'a mal conseillé, c'est que celui-ci s'est évertué à mal présenter les choses. Bien que la loi n'offre aucune protection aux locataires de meublé, il n'aurait jamais conseillé leur mise à la rue pure et simple dans le contexte actuel du logement s'il avait su qu'ils vivaient là depuis plusieurs années. Mais, M. Souberi lui a affirmé que c'était des gens de passage. Leur indemnisation ne lui paraissait donc pas légitime. Puisqu'il en est tout autrement, qu'ils lui adressent un courrier avec une proposition chiffrée.

Nous rédigeons la lettre. M. Claude, qui vivait là depuis douze ans, réclame 40 000 francs. M. Rabah, qui louait sa chambre depuis trois ans seulement, demande 25 000 francs. Le plus ancien des locataires, M. Djamel, dix-sept années d'occupation, refuse cette négociation à l'amiable. Ce n'est pas un désir d'argent qui l'anime. Il veut se voir reconnaître par décision de justice le droit de ne pas être jeté dehors comme un chien, le droit de ne pas avoir ses affaires confisquées, détruites, brûlées. Il connaît un avocat prêt à le défendre. Il paiera ce qu'il faudra.

Fin juillet, le notaire nous informe par téléphone qu'un règlement à l'amiable semble très compromis : le propriétaire l'a dessaisi de l'affaire et a pris un avocat. C'est à lui dorénavant qu'il faut s'adresser. Quant à l'avocat de M. Djamel, après avoir évité toute collaboration avec nos services, il nous écrit le 6 août 1991 :

« J'ai l'honneur d'attirer votre attention sur la tournure critique que prend la situation de mon client. Des mesures expéditives ont conduit à l'explosion de son logement, muré en son absence avec scellement pur et simple de ses valeurs et effets personnels. Les formes et les usages élémentaires ont été violés au bénéfice du promoteur qui a agi comme un bulldozer. La situation de mon client déstabilisé après dix-sept ans d'implantation régulière exige des mesures urgentes de relogement. C'est une aide dans ce sens que mon client espère de vos services. La restitution *ad integrum* de ses affaires paraît relever de l'utopie après les abus commis à son encontre.

Je vous remercie de votre concours. »

L'avocat nous informe aussi qu'une procédure de référé pour « voie de fait » est fixée au 23 août devant le tribunal de grande instance. Il va réclamer 30 000 francs d'indemnisation afin de compenser la perte des affaires personnelles de M. Djamel : vêtements, couvertures, draps, vaisselle, réchaud, appareil de chauffage, papiers administratifs et personnels (feuilles de paye, certificats de travail...).

Suite à la comparution de M. Djamel et de son ex-propriétaire devant le tribunal de grande instance, une ordonnance de référé est rendue le 27 août :

« Attendu que la demande de M. Djamel, qui ne conteste pas avoir reçu un congé de M. Souberi, se heurte à des contestations sérieuses, résultant de ce que le propriétaire conteste avoir muré les portes et les fenêtres de l'immeuble, en cause et en conséquence être l'auteur de l'expulsion forcée et d'autre part de ce que l'état de l'immeuble ne paraît pas permettre d'envisager une réintégration,

« attendu qu'il n'y a pas lieu à faire application des dispositions de l'article 700 du nouveau code de procédure civile,

« par ces motifs, déboutons M. Djamel de toutes ses demandes et le renvoyons à mieux se pourvoir au fond.

« Laissons provisoirement au requérant les dépens de l'instance. »

Voilà, M. Djamel en sera pour ses frais d'avoir dérangé la justice pour si peu. Il n'a plus de logement, plus d'affaires personnelles et plus d'espoir de se voir reconnaître comme un humain parmi les autres.

L'avocat de l'ex-propriétaire ne répondra pas à nos appels. MM. Claude et Rabah n'obtiendront aucune indemnisation et ne saisiront pas la justice. Les demandes d'hébergement que nous leur établirons pour tenter de les faire admettre dans les hôtels sociaux de la ville resteront lettre morte.

6

DES CITOYENS EMBARRASSANTS

Mme Marie-Ange est mère de quatre enfants. Après son divorce, elle quitte avec eux la province pour s'établir en région parisienne où une cousine lui propose un hébergement. Mais cette célibataire endurcie ne tarde pas à s'irriter de la turbulence des enfants.

Mme Marie-Ange doit s'en séparer provisoirement. Elle décroche assez rapidement un travail de femme de ménage dans une moyenne entreprise, puis entend parler par un collègue d'un petit pavillon à louer. Le propriétaire en veut 2 000 francs par mois avec un paiement de la main à la main. Il n'a pas le droit de louer, explique-t-il pour légitimer ses exigences. Mme Marie-Ange donne son accord à tout, tellement impatiente d'aller rechercher ses enfants.

Mélangeant les diverses législations, normes d'habitabilité pour le regroupement familial, droit à l'allocation logement, mesures de protection de l'enfance... elle dissimule à la CAF deux enfants sur quatre, par peur qu'on ne les lui retire, se privant du même coup d'une importante source de revenus. Malgré ses appréhensions, l'insalubrité du logement la contraint à s'adresser rapidement à notre service.

En effet, l'humidité qui règne dans les pièces est suffocante. Elle prend à la gorge et aussi brève que soit la visite, on en ressort les vêtements fâcheusement imprégnés de l'odeur. Les papiers noircis sont détrempés. Toutes les huisseries sont pourries. D'énormes gouttes en suspension recouvrent la surface du plafond. Jamais encore je n'ai vu une telle humidité. Je n'arrive pas à y croire. D'où peut venir toute cette eau ?

Les formalités habituelles de demande de logement se heurtent à l'absence de justificatif de loyer. Pourtant l'employeur, contacté au titre du 1 % patronal, se montre très sensible à sa situation et nous promet de l'aider à obtenir un logement dans les meilleurs délais. Et effectivement, pour une fois, ce ne seront pas vaines paroles.

Madame dispose de sérieux atouts personnels, sa vivacité, sa gaieté, sa gentillesse. Lorsque je désire la joindre au travail, ses collègues l'appellent à travers les étages, la cherchent où qu'elle soit, la dégottent, même au fond d'un placard à balais. Elle est connue et appréciée de tous. Cette solidarité a dû jouer son rôle.

Un premier appartement se libère mais la tentative de relogement échoue. L'organisme gestionnaire du 1 % patronal, après acceptation de son dossier, revient sur sa décision pour l'attribuer à une famille offrant plus de garanties financières. Un deuxième logement est vacant mais lorsqu'elle se déplace pour remplir les formulaires complémentaires, on s'aperçoit qu'outre son petit salaire et ses quatre enfants, elle est noire comme du charbon. Une couleur que son nom n'avait pas laissé présager. Le logement n'est plus disponible.

Cette fois, l'employeur se fâche. Il menace de trouver ailleurs à qui payer ses cotisations. Le logement lui est attribué.

Il aura fallu moins d'un an pour obtenir le relogement de Mme Marie-Ange et de ses quatre enfants. Un vrai miracle. Preuve que lorsque la volonté existe, bien des obstacles qui nous sont sans cesse présentés comme insurmontables peuvent être levés.

Février 1993. L'adjoint au maire nous apprend qu'un incendie s'est déclaré dans un squat du quai : un petit pavillon trois-pièces occupé par trois familles africaines. Non seulement il n'y a eu aucun blessé mais le feu les a désincrustées. Noyé sous un déluge d'eau, le pavillon est inhabitable. Les familles ont dû quitter les lieux. Un hébergement de quelques jours à l'hôtel leur a été proposé. L'adjoint au maire ne cache pas son soulagement. Un point noir nettoyé par les pompiers. Une conclusion tranquille à cette occupation illégale qui le préoccupait si fort.

Les procédures d'expulsion pour tous les squatters du quai sont en cours m'a-t-on dit il y a quelques semaines, lorsque j'ai repris mon travail, après un congé de maternité. Mme le nouveau commissaire avoue ne pas être au courant. Pour elle, le dossier est très complexe. L'État est propriétaire des immeubles, le conseil général a le dossier en main et la ville est partenaire. Et expulser plusieurs centaines de personnes dont soixante enfants en bas âge d'après le propre recensement de la police… À moins de vouloir un nouveau Vincennes*, elle l'envisage mal.

Plusieurs semaines s'écoulent. Les Zaïrois du pavillon semblent s'être évaporés. Aucun d'entre eux ne s'est adressé à notre service. La mairie n'en parle plus. Quelques nuits d'hôtel ont-elles réussi à les disperser durablement ? Non. Ils ont tous réintégré les lieux. Les hommes avaient envoyé femmes et enfants se sécher mais, prudents, avaient refusé de s'absenter, ne serait-ce que pour quelques jours.

Le pavillon n'a pu être fermé et muré comme l'avait envisagé – trop vite – la DDE.

Mme Fatou est dans une colère noire. L'adjoint au maire l'a traitée de sale squatteuse et lui a dit que les gens de son espèce n'ont ni le droit de se plaindre ni le droit de réclamer.

Est-ce que moi je peux lui expliquer le mal qu'elle fait, à vivre dans cet immeuble insalubre et dangereux, dans ces 11 m^2 immondes que personne n'habitait plus depuis des années ? Qui dérange-t-elle ? La société s'en trouverait-elle mieux si son mari et elle étaient à la rue, leurs deux enfants dispersés dans des foyers ?

Elle voudrait payer un loyer. Elle travaille. Elle a de quoi. Et son mari vient d'obtenir un emploi à mi-temps. C'est

* En 1992, 300 familles maliennes campent pendant plusieurs mois sur l'esplanade du château de Vincennes.

ce qu'elle est allée dire à l'adjoint au maire : le bonheur que serait pour eux de payer chaque mois un loyer, de vivre enfin comme tout le monde. Mais pour un appartement convenable, pas pour un taudis ou un baraquement. Si c'est pour vivre comme ceux de certains hôtels, payer pour des endroits qui sont pires que des squats, ça ne l'intéresse pas.

Est-ce que je lui donne tort ? Non. Je lui donne raison, entièrement raison. Mais hélas, je n'ai rien d'autre à lui donner.

Les habitants des logements taudis, squatters ou pas, Français ou pas, sont des citoyens de seconde zone dont on se débarrasserait volontiers si seulement ils y consentaient. Pourquoi restent-ils là dans de telles conditions, alors qu'à cinquante ou soixante kilomètres d'ici les loyers sont plus abordables ? Pourquoi ne s'installent-ils pas en province, où le problème de logement ne se pose pas ? Pourquoi, tout bonnement, ne retournent-ils pas vivre dans leur pays, où leur misère ne serait pas plus grande et où ils profiteraient au moins du soleil et des paysages ?

Autre manie de ces demandeurs, aussi détestable que leur sédentarisation, celle d'avoir des enfants alors qu'ils n'en ont pas les moyens. Pauvres, ils sont déjà encombrants, mais que dire d'eux lorsqu'ils se multiplient ? « On ne l'a pas fait exprès », nous jurent les intéressés en nous expliquant sur le ton de l'évidence que la pilule n'a pas fonctionné, le stérilet s'est trompé... À croire que toutes les erreurs des contraceptifs modernes se concentrent chez eux...

M. Kamal est revenu pendant mon congé maternité. Ma collègue lui a fait le coup des dettes de loyer. Ça a encore marché. Ça marche bien, décidément, avec M. Kamal. La peur qu'on profite de son retard pour le mettre à la rue au moment de la destruction de son immeuble lui fait à nouveau éponger sa dette en un seul versement.

Pourtant, il ne venait pas pour se mettre en règle. Il venait, comme à l'accoutumée, défouler sa colère, crier qu'on ne le reloge pas assez vite. Bien décidé à ne pas évoquer ses retards de paiement, même si on lui en parlait. Mais la collègue s'est renseignée directement auprès du bailleur. Puis, elle lui a fait une morale très personnelle et très habile. En échange de son règlement et de sa bonne volonté, une nouvelle grille de présentation de sa situation est parvenue à la cellule-logement qui, à la vitesse de quatre-vingts dossiers par mois, frôle maintenant les cinq mille dossiers.

Des vingt-quatre logements que devait fournir chaque année l'office départemental sur le contingent du conseil général, huit l'ont été en 1992 et seulement trois pendant les six premiers mois de l'année 1993.

En trois années de travail, la cellule-logement a solutionné quatre-vingts dossiers et souvent grâce à l'intervention du 1 % patronal.

Un petit nombre d'employeurs, impressionnés de se voir interpellés par le conseil général en personne, répondent favorablement. Les autres ne répondent pas plus qu'à nous.

Sur la même période, dans l'ensemble du département, 16 500 logements sociaux ont été attribués directement, de bailleurs à locataires, sans l'intervention d'aucune cellule, soit 5 500 par an en moyenne. Certes, la rotation annuelle a diminué de moitié puisque avant 1989, 11 000 logements étaient attribués chaque année, mais elle est loin d'être aussi négligeable qu'on veut bien nous le faire croire. « Il n'y a plus de logement disponible car il n'y a plus de *turn-over.* » Outre l'absence de mobilité, l'autre argument constamment évoqué pour justifier les non-relogements est l'existence de contingents qui partagent les logements entre les différents réservataires (préfet, ville, département, entreprises *via* les collecteurs du 1 % patronal) et laissent à chacun des réservataires une part si congrue qu'en fin de compte, il ne peut rien en faire. Les autres prennent tout, lui n'a que des miettes. Comme le petit moineau des comptines enfantines. À croire que le partage des logements les fait disparaître. Pourtant, sur

100 logements construits, 100 seront habités. Bizarrement, jamais par les familles que nous connaissons.

La SA HLM de l'association caritative vient de procéder à une enquête sur l'état de ses immeubles. Celui de M. Kamal est décrit comme très dégradé. « Sur douze logements, onze sont occupés. Un a été muré pour cause d'effondrement du plancher. L'affaissement du plancher chez certains locataires risque d'être cause d'accident si des travaux ne sont pas effectués. » Mais la SA HLM n'a pas envie d'investir dans un immeuble bon pour la démolition. Mis à part le plafond des Leïla qui s'est brutalement écroulé et a propulsé la famille dans le grand ensemble d'une lointaine banlieue, rien ne bouge. C'est, pour longtemps, le maintien à demeure des autres locataires. L'étude de faisabilité de la voie rapide va seulement commencer. Son financement vient d'être signé. Elle durera deux ans. Les travaux de réalisation s'étendront sur cinq ans. Pas mal d'années encore pour M. Kamal à s'énerver, à faire des dettes de colère, à fréquenter de rage les services sociaux. « Situation inchangée », écrirons-nous sur les prochaines grilles d'évaluation que nous fournirons à la grande papivore de cellule-logement, pour réactualiser le dossier.

La SA HLM a oublié d'enquêter sur l'état des masures où vivent les familles Célestin, Virgile et Constance. De deux choses l'une, soit elle n'a pas osé s'y rendre, soit elle a fait disparaître le compte rendu de l'enquête. En 1990, la cellule-logement, après avoir réceptionné leurs dossiers, l'avait questionnée sur ses intentions vis-à-vis des familles. La SA HLM l'avait rassurée : « Le bâtiment est construit dans un périmètre actuellement à l'étude au niveau de l'aménagement. Nous fixons à deux ans le délai maximum de relogement de ces familles. » La cellule-logement m'avait retransmis cette réponse qui la satisfaisait pleinement et la débarrassait de leurs demandes. En 1993, l'aménagement de cette zone n'est plus à l'ordre du jour. La conjoncture économique a interrompu pour un temps la rénovation à tout va. Mais désormais, les familles attendent sans nous importuner. Elles ont cessé d'alerter les services sociaux, la mairie, le préfet, le président de la République... « Le maire et les assistantes sociales qui connaissent notre situation semblent nous ignorer », écrivait un locataire en 1988.

Aujourd'hui ce sont elles qui se laissent ignorer.

Encore quelques années peut-être pour qu'elles s'y fassent tout à fait, qu'elles glissent dans l'habitude de l'entassement des corps comme cette famille où le logement avait fini par arriver quand, lassés de demander pour rien, ils ne demandaient plus rien. Vaincus par tant d'appels inutiles, qu'ils en avaient même perdu la notion d'espace-temps dont on parle si souvent dans les actions de formation visant à restructurer la personnalité des désinsérés sociaux. Ils étaient là, depuis si longtemps, à six, dans cette unique pièce, qu'ils ne savaient plus dire depuis combien de temps au juste. Ils avaient renoncé à compter les années. Et puis, la vie s'y était faite de plus en plus mesquine. Le père était parti et la mère avait perdu son emploi. Lorsque l'heure du relogement avait sonné, ils s'étaient réinstallés à l'identique, à cinq dans une seule chambre, et vivaient comme des égarés dans ce nouvel appartement laissé aux trois quarts vide de leurs affaires et de leur présence. Pensant que c'était trop beau pour eux ou qu'on allait sans doute leur reprendre. Qui sait exactement ce que pensent les gens ?

Un lundi, une grande nouvelle remue le service en tout sens. Une nouvelle si étonnante qu'elle se colporte immédiatement de bureau en bureau. L'adjoint au maire vient de faire savoir que la préfecture détient vingt-deux logements dans une ZAC de la ville. Jeudi, le sous-préfet rencontrera le maire pour procéder aux attributions. La liste des familles que nous souhaitons voir présenter doit être remise ce jour à 16 heures. C'est bien la première fois qu'on sollicite notre avis pour l'attribution de logements HLM. On a du mal à se rendre compte. Mais, la sous-préfecture, aussitôt contactée par téléphone, confirme la nouvelle : vingt-deux logements, du studio au quatre pièces, sont à attribuer sur le contingent préfectoral réservé aux personnes prioritaires. Elle précise en outre que, pour être retenues, les familles doivent :

1) être dans une situation qui nécessite un relogement d'urgence (expulsion en cours pour non-renouvellement de bail, occupation d'habitation insalubre, précaire ou de fortune…) ;

2) être solvables, c'est-à-dire posséder 10 000 francs minimum de ressources mensuelles.

« Fort bien. Mais pourquoi une telle précipitation ? Pourquoi ne pas nous en avoir parlé avant ?

– Le sous-préfet a gardé sous le coude depuis un certain temps l'information. Il a oublié de la transmettre aux services concernés. »

Certaines collègues râlent : « On nous mobilise pour rien. Des simagrées. Du pipeau. Une mascarade pour nous faire croire à notre rôle de partenaire. Puis, comme d'habitude, tout va se jouer en dehors de nous !… » D'autres nuancent ces propos de toutes petites lueurs d'espoir : « La mairie se servira, c'est sûr, comme toujours et pour des situations dont l'urgence sera loin d'être prouvée. Mais si seulement un ou deux logements peuvent être attribués aux familles qui en ont le plus besoin et qui attendent depuis tellement longtemps, nous n'aurons pas perdu notre temps. » Bon, c'est vrai. Que notre susceptibilité professionnelle ne vienne pas empêcher un relogement, tout de même ! Ce serait le comble. On s'y met toutes par acquit de conscience.

Comme on nous le demande, on rédige pour chaque famille une note brève avec son état civil, sa situation actuelle de logement, ses ressources. Le lendemain, notre responsable de service nous fait savoir qu'il faut tout recommencer. Les informations recueillies ne conviennent pas. Elles sont jugées trop succinctes. Elle nous recommande d'établir de vrais rapports, étoffés et tapés à la machine.

Cette fois, il nous faut remettre à plus tard le travail prévu, bâcler les entretiens, repousser les visites, ne plus répondre au téléphone et se disputer avec les standardistes… Les collègues de permanence l'ont mauvaise. Cette présentation en urgence exclut de fait les familles de leur secteur puisqu'elles n'auront pas le temps d'exposer longuement par écrit leur situation. Elles s'expliquent mal les raisons d'une telle injustice. Tout l'après-midi, le service connaît une activité fiévreuse. Les secrétaires tapent frénétiquement au rythme de la conscience claire de huit assistantes sociales (qui veulent donner leur chance à un grand nombre de familles) une quarantaine de rapports. Des rapports qui exposent tous des conditions de vie très dures mais pas pour des « familles inlogeables car insolvables », de ces « familles à problèmes détruites par la crise et l'exclusion » et qui errent de taudis en hébergement provisoire. Non, pour des familles installées de longue date sur la ville et aux ressources de travail régulières. Des rapports qui ressemblent à ceux transmis à la « cellule-logement » du département, mise en place sous l'autorité conjointe du préfet, « garant de la solidarité nationale », et du président du conseil général pour mieux appréhender et répondre aux besoins des plus démunis. La cellule-logement qui n'a effectué aucun relogement sur la ville en trois années d'activité sera ce jour laissée dans l'ignorance des vingt-deux logements du contingent préfectoral !

De son côté, l'office des HLM communique à notre responsable de service une liste de noms dont aucun n'est connu de nous. Des situations urgentissimes dont on ne soupçonnait pas à ce jour l'existence, pour lesquelles jamais personne, ni la ville, ni les familles, n'avait songé à faire appel à nos services. Des noms qui sonnent tous bien français, comme le remarquera notre responsable.

Le résultat de l'entrevue entre le maire et le sous-préfet tarde à se faire connaître. L'adjoint au maire se tait. Il ne met pas de plusieurs jours les pieds dans notre service. Son silence ne nous trompe pas. On se doute bien qu'aucune de nos familles n'a été relogée. Sinon, il serait venu claironner son succès. Comme on lui pose tout de même la question, il finit par marmonner :

« Le préfet n'a relogé aucune des familles présentées par votre service. »

Trop pauvres, trop nombreuses, trop étrangères… Trop prioritaires en somme. Elles continueront d'attendre et nous continuerons de leur vendre un peu de sollicitude, un peu d'espoir d'avenir pour leur faire avaler le présent !

« Qui donc a-t-il relogé alors ? Des familles présentées par l'office ? par le maire ?

– Non, quelques fonctionnaires et des pistonnés à lui ! »

Ben voyons !...

En matière de logement, la connaissance des plus démunis est essentielle au niveau local. Une connaissance régulière et permanente qui permette d'agir dans un souci d'équité et de solidarité. C'est du moins l'avis que défend le Conseil économique et social, haute instance administrative française, dans un rapport consacré aux besoins en logement et présenté le 8 juin 1993.

Si nous sommes si grinçantes dans nos réflexions, c'est que nous sommes échaudées par des pratiques partenariales similaires.

En 1991, grâce aux subventions de l'État et du département, un immeuble d'hébergement social ouvrait sur la ville. Il proposait une trentaine de logements d'insertion : chambres ou studios conçus comme des passerelles entre la rue ou le taudis et un appartement en HLM.

Notre participation, ainsi que celle de plusieurs associations de la ville qui s'occupent de publics en difficultés, jeunes sans emploi, toxicomanes... étaient réclamées pour soumettre des candidatures. Pour ma part, j'avais rédigé une douzaine de rapports pour des RMistes, chômeurs de longue durée, handicapés, vivant dans des hôtels trop chers, trop insalubres ou voués à une destruction prochaine. Les enquêtes au domicile effectuées par les responsables de l'association gestionnaire avaient confirmé pour tous la nécessité d'un relogement.

La commission d'admission les rejettera comme elle rejettera l'ensemble des situations présentées par notre service, à l'exception d'une seule, celle d'un homme qui travaillait régulièrement et qui dormait dans une voiture. Une autre sera récupérée de justesse : celle d'un jeune couple vivant avec un enfant dans des conditions sordides et en instance d'expulsion.

Fin 1993, le département nous demande de lui faire savoir ce que nous pensons des accompagnements sociaux réalisés dans le cadre de cette structure d'hébergement et destinés en priorité à permettre à leurs bénéficiaires d'accéder à un habitat social normal. Nous n'avons guère eu l'occasion d'en juger. En trois années, sur la trentaine de chambres, seules quatre ont été ou sont occupées par des personnes connues de notre service, qu'elles aient été admises sur notre demande ou sur celles des associations. Qui sont les autres démunis ? Qui les a fait entrer ? Sur quels critères ? Nous n'en savons strictement rien.

Elle avait fait comme elle avait dit.

En général, les gens le disaient sans le faire, se contentant d'exprimer leur colère. L'Haïtienne, elle, avait osé. Elle était venue. Un matin, elle avait occupé avec ses deux beaux enfants le hall de la mairie.

Depuis six ans, son mari et elle, munis de leur carte de réfugiés, travaillaient comme agents d'entretien dans une société de nettoyage parisienne. Ils vivaient à quatre dans une chambre d'hôtel meublé. Lorsque le gérant leur avait annoncé qu'il fallait quitter les lieux puisqu'il transformait son hôtel en hôtel de tourisme, elle était tout naturellement venue voir son assistante sociale.

Celle-ci n'allait pas la laisser jeter à la rue. Elle l'aiderait comme elle l'avait aidée auparavant pour des problèmes de papiers, d'argent. Elle en avait la certitude. Effectivement, cette fois encore, la collègue n'avait ménagé ni son temps, ni sa peine. Elle avait tout fait pour obtenir le relogement de cette famille, inscrite depuis six ans au fichier des mal-logés de la préfecture et à l'OPHLM de la ville. Où allaient-ils aller ? Qu'allaient-ils devenir sinon avec leurs petites ressources et leurs deux jeunes enfants ?

Mais la mairie avait été catégorique : On ne les relogera pas. Les habitants de la ville acceptaient de plus en plus mal qu'on loge des étrangers alors que des Français attendaient leur tour. L'urgence et l'ancienneté de la demande n'étaient pas les seuls critères à prendre en compte. Prioritaires, les jeunes foyers, enfants de la ville, l'étaient aussi.

Craignant que son obstination ne finisse par faire scandale, l'adjoint au maire avait dépêché la collègue auprès de l'Haïtienne pour la mettre à la raison. Dans l'équipe, on lui avait presque toutes dit :

« Ne t'en mêle pas. C'est son affaire. Ça bouge déjà autour d'elle. Elle a le droit de se battre pour ses enfants. Elle le fait dignement. Elle ne manque pas de courage. Ne la fais pas renoncer... »

Mais la collègue, elle, ne pouvait pas. Elle n'avait pas l'habitude de refuser à son employeur. Cela faisait trop longtemps qu'ils se connaissaient. Elle ne pouvait pas se désister là, maintenant. Elle se disait bien des fois, effarée au retour d'une visite à domicile, en allumant nerveusement une cigarette, qu'il faudrait que les gens viennent avec leurs enfants occuper la mairie. Oui, mais il aurait fallu que ce jour-là, elle ne soit pas présente. Il aurait fallu qu'on ne la mandate pas pour parler à cette femme, avec qui elle avait établi depuis plusieurs années une relation de confiance si privilégiée.

Alors, elle y est allée. Avec compassion, elle lui a expliqué qu'elle comprenait bien sa réaction de détresse, mais qu'elle se faisait mal à elle-même et surtout mal à ses enfants, en les exposant là, inutilement.

Tant de gentille persuasion a désarmé l'Haïtienne. Devant tant d'obligeance, elle a lâché prise. Si on lui avait dit brutalement : « Maintenant, ça suffit ! On ne peut rien pour vous, alors vous partez ! », elle aurait fièrement rassemblé ses forces pour affronter l'autre. Mais, prise au traquenard ouaté de la belle relation d'aide individualisée, elle s'est laissée convaincre, elle s'est laissée vaincre. Elle a ravalé son bel espoir qui l'avait fait se dresser et affronter depuis le matin des regards indifférents, puis curieux, maintenant inquiets. Les regards de tous ces employés municipaux massés de plus en plus nombreux derrière les vitres des bureaux et qui commençaient à lui donner raison...

L'adjointe au maire a exprimé sa gratitude à la collègue pour son tact efficace. Quelques semaines plus tard, l'Haïtienne a quitté sans bruit avec sa famille la ville pour une banlieue très lointaine.

Cette histoire s'est passée il y a plusieurs années dans une autre commune, mais le souvenir m'en est resté au cœur, douloureux comme une trahison.

Lorsque j'ai commencé à travailler en région parisienne, tout comme d'autres provinciales j'ai été saisie d'effroi par l'importance des problèmes de logements. Alertée par une puéricultrice, j'ai découvert tout d'abord une famille vivant à cinq dans une pièce totalement insalubre. Les fenêtres ne fermaient plus et, bien que ficelées du mieux possible, on pouvait facilement passer son poing par l'entrebâillement. Pour se protéger, la famille avait bouché toutes les issues et vivait calfeutrée dans 11 m^2 de noirceur humide et froide.

J'avais été élevée dans un logement fort modeste, au confort inexistant, au chauffage rudimentaire. Mais qu'on puisse vivre à la fois dans une telle promiscuité et une telle insalubrité m'avait renversée. La responsable que j'ai avisée de ma découverte et de mon émotion m'a remise promptement à ma place. « On ne travaille pas à l'affectif dans ce métier. Prenez du recul. Mettez votre sensibilité dans votre poche et votre mouchoir par-dessus ! »

Cependant, jeunes professionnelles pleines d'allant et fermement décidées à ne pas laisser une famille lanterner indéfiniment dans un taudis, nous avions pris, la puéricultrice et moi, rendez-vous avec l'employeur du chef de famille. Il avait un immense bureau clair, aménagé en loggia, qui contrastait avec le sujet de notre visite. Il nous a écoutées attentivement et a réglé très vite une somme à l'OPHLM de la ville au titre du 1 % patronal. C'était une première victoire. Elle ne sera pas suivie de beaucoup d'autres.

Le même hiver, un petit garçon de quatre ans était grièvement brûlé par un appareil de chauffage. La famille vivait à quatre dans 12 m^2. « Où mettre le chauffage dans un espace aussi restreint ? » avons-nous écrit l'année suivante dans un rapport destiné aux responsables de l'aide sociale et de la protection maternelle et infantile. Le rapport, élaboré par cinq des huit assistantes sociales que comprenait l'équipe, présentait cinquante-sept situations où les conditions de vie nuisaient manifestement à la santé et au bon développement des enfants. Plusieurs petits, enfermés toute la journée dans de minuscules chambres d'hôtel, présentaient de sérieux troubles moteurs. Aussi, l'usage fréquent des médicaments que faisaient ces familles pour, disaient-elles, « tenir le coup » nous avait-il semblé alarmant. Pour pallier la promiscuité, plusieurs mères reconnaissaient endormir chaque soir leurs enfants avec des sirops tranquillisants. Une femme enceinte avait ingurgité des calmants tout au long de sa grossesse.

Suite au rapport, une réunion nous rassembla au département avec les responsables des services interpellés. Le dialogue noué fut intéressant mais trop court pour produire un quelconque effet. Très vite, chacun fut de nouveau accaparé par son travail quotidien et les promesses de se rencontrer tournèrent court. Et puis, pas plus que nous, ils n'étaient décideurs et leur sensibilité à notre préoccupation, pour positive et encourageante qu'elle soit, n'apportait pas de réponses concrètes.

Ce qui frappe aujourd'hui en repensant à ce rapport, c'est le nombre d'années d'attente des familles : cinq à huit ans. Aucune des cinquante-sept familles répertoriées n'était demandeuse de logement depuis plus de huit ans. Cela nous paraissait atrocement long. Aujourd'hui, il n'est pas rare de rencontrer des familles qui ont entre dix et dix-huit années d'inscription et pour lesquelles toute intervention est désormais inutile. La construction des futures ZAC qui vouent leur immeuble à la démolition suspend tout relogement.

En octobre 1992, *L'hôtel de la ville d'Oran* fermait pour travaux.

M. Michel venait de partir à l'hôpital pour une nouvelle opération des jambes. Depuis mars déjà, le propriétaire après avoir laissé son bien à l'abandon pendant des années, exigeait de lui, comme des autres locataires, 750 francs par mois, payable de la main à la main, puis, depuis août, 1 500 francs par mois. M. Michel rechignait puisqu'il ne pouvait sans quittance prétendre à l'allocation logement mais payait puisque le propriétaire ne lui laissait pas d'autres choix.

À son retour d'hôpital, il trouve porte close. Les serrures ont été changées, ses affaires confisquées. Il porte plainte au commissariat, s'adresse à une association de locataires, contacte un conciliateur. Ce dernier rencontre à plusieurs reprises le propriétaire qui ne veut rien entendre. L'affaire traîne des mois. Lassé, M. Michel entreprend une nouvelle démarche, cette fois auprès du procureur de la République. Quarante-huit heures après, la police l'accompagne et le propriétaire lui restitue son bien. M. Michel s'installe avec dans un abri de jardin, prêté par un ami.

M. Lakdar, lui, est toujours à l'hôpital. On ne sait pas quand il sortira. Mais, comme M. Michel, il ne reviendra plus à *L'hôtel de la ville d'Oran*.

Parce que, depuis janvier 1993, l'hôtel a rouvert ses portes après une rénovation sommaire. L'eau et l'électricité sont là. Les trous énormes dans le plancher aussi, mais grossièrement recouverts d'une moquette criarde. Des carreaux manquent aux fenêtres. De toute façon, certaines ne ferment plus. Des fenêtres qui ne ferment plus ont-elles besoin de carreaux ?

Cinq familles se sont déjà installées. Le loyer mensuel est de 2 000 francs. La caution à l'entrée de la chambre est de 2 000 francs. L'intégralité des ressources de M. Lakdar. Une chambre est occupée par deux familles. Le lit d'une personne sert de couchage à une mère et ses deux petits enfants. La mère dort pliée en chien de fusil, en travers du lit pour laisser un peu de place aux enfants. Sur un matelas double, roulé pendant la journée, dort l'autre famille, un couple et leurs deux enfants. Les valises ont été entassées le long de la fenêtre pour se protéger du froid et des carreaux manquants.

Le jour où je les visite, Lamia, quatre ans, malade, sous antibiotiques, essaie de s'endormir dans cette pièce glaciale, sous des épaisseurs de couvertures et de vêtements.

Les familles de l'hôtel sont toutes en difficulté financière. C'est le service des allocations mensuelles qui règle tout ou partie des loyers par le biais des secours qu'il leur accorde.

Une éducatrice chargée par le juge du suivi éducatif d'une famille s'émeut de la situation et vient en parler à une collègue.

De mon côté, dès mon retour de congé de maternité, je signale au service d'hygiène la réouverture de l'hôtel et les nouvelles conditions de locations des chambres. Des rendez-vous sont fixés au propriétaire qui ne se rend à aucun. Le service d'hygiène revient à plusieurs reprises sur les lieux, prend des photos et saisit la préfecture.

Le 15 juin 1993, un arrêté préfectoral déclare « l'ensemble des bâtiments de l'hôtel insalubre de façon irrémédiable et immédiatement interdit à l'habitation. Au départ des occupants, les issues seront murées par le propriétaire pour éviter toute réoccupation. Lorsque les bâtiments seront vidés de tout occupant, il sera procédé à leur démolition. » En 1988, un arrêté similaire avait été pris et le propriétaire menacé d'expropriation pour résorption de l'habitat insalubre s'il n'entreprenait pas la réhabilitation du bâtiment principal et la destruction des bâtiments annexes situés en arrière-cour.

Habitué à la menace et résolu à ne pas s'en préoccuper, le propriétaire continue imperturbablement à louer ses chambres. En août 1993, à un très jeune couple avec un nouveau-né. En octobre, à une mère de six enfants qui vit dans un hôtel voisin et installe là ses trois aînés, âgés seulement de douze à quinze ans. Une situation qui provoque une réunion de synthèse. Peut-on laisser des enfants, si jeunes encore, seuls dans de pareilles conditions ? Mais que faire ? Nous sommes bien placées pour savoir que l'intervention du juge des enfants ne résoudra rien.

À sa demande, je remets au service d'hygiène les quittances de trois locataires consentants, pour lui permettre d'entamer des poursuites judiciaires à l'encontre du propriétaire. Le même service s'engage à organiser prochainement une rencontre pour envisager les suites à donner à l'affaire. Mais, trois mois après, aucune réunion ne s'est encore tenue.

Début novembre, une partie du plafond du rez-de-chaussée de l'hôtel s'effondre. La mère reprend ses trois enfants et, sans même demander le remboursement du loyer à l'hôtelier, réentasse tout son monde comme précédemment dans une seule chambre. Si deux familles ont réussi à quitter l'hôtel, une nouvelle s'installe mi-novembre. Elle paye comme les autres 2 000 francs de caution et 2 000 francs de loyer pour la chambre. Seulement, le propriétaire n'a pas jugé utile de l'avertir de la coupure d'eau qui doit intervenir le dix-huit du mois parce qu'il a remis à la Compagnie des eaux un chèque sans provision. J'informe une nouvelle fois de la situation ma responsable, mais que faire d'autre ? Pousser la mairie à la fermeture de l'hôtel pour que les familles se retrouvent à la rue ou traînent dans des services sociaux qui ne leur trouveront pas de solution ? Fermer les yeux et les laisser vivre là, dans l'insalubrité et le danger ?

Le 3 décembre, l'eau et l'électricité sont coupées.

Les locataires réunis viennent nous trouver. Ils proposent de ne plus payer le loyer et de remettre l'argent directement à EDF et à la Compagnie des eaux pour combler les dettes. Trop tard. La coupure est définitive. L'état du bâtiment interdit dorénavant son réapprovisionnement en électricité.

Quatre familles, avec au total neuf enfants à charge, et trois personnes isolées se trouvent dorénavant privées d'eau, de lumière et de chauffage. Un enfant fait une chute dans l'escalier. La blessure nécessite des points de suture. Un bébé est hospitalisé pour affections bronchitiques et l'hôpital, informé de la situation, hésite après les soins à le rendre aux parents.

« Il faut les orienter vers des solutions familiales ou amicales », préconise notre responsable. Autrement dit, qu'elles partent chez des parents ou chez des amis. L'hébergement chez les autres est en effet le premier conseil d'orientation que nous donnons aux familles qui errent à la recherche d'un logement. « Heureusement qu'on a les pauvres pour les pauvres ! » dit Marie-Claire, ma collègue, chaque fois qu'elle reçoit une nouvelle famille hébergée ou dépannée par une ancienne. Au moins une solution pour laquelle nous n'avons pas d'inquiétude d'avenir !

Une autre collègue qui s'occupe d'une des cités les plus déshéritées du département nous confiera, lors d'une réunion au conseil général au département, que la population y va sans cesse croissant. Elle a recensé jusqu'à dix-huit personnes dans un appartement !

Mais une solution inconfortable qui crée inévitablement des tensions entre hébergés et hébergeants. Une solution mal tolérée par les bailleurs sociaux pour les conflits de voisinage et les contestations de charge d'immeuble qu'elle entraîne. Les autres locataires ne sont pas toujours disposés, et on les comprend, à payer des suppléments d'eau, des frais d'ascenseur… dus à la suroccupation de certains logements.

Une solution évidemment décriée par les commissions d'aide sociale qui s'exaspèrent de l'attitude de ces familles hébergeantes qui vont chercher les problèmes des autres comme si elles n'en avaient pas assez elles-mêmes !

Interpellé par notre service, l'adjoint au maire « délégué aux affaires sociales, à la solidarité, à l'hygiène et à la sécurité » convie les habitants de l'immeuble à une réunion. Ils s'y rendent tous dans un espoir de dialogue et de solution. L'adjoint au maire s'en prend d'abord rudement, dans le langage très familier qu'il affectionne en pareilles circonstances, au propriétaire et à ses sales façons d'agir. Puis, dans une logique originale, il explique que, malheureusement, la mairie n'a pas compétence pour agir dans cette affaire. L'arrêté d'interdiction d'habiter est une décision préfectorale. En conséquence de quoi, les locataires doivent s'en remettre à eux seuls, chercher d'autres chambres dans les hôtels environnants. L'eau leur sera conservée quelque temps.

L'adjoint au maire a parlé le regard fixé sur la table, la tête rentrée dans les épaules. Pas une fois il n'a levé les yeux sur les locataires, pourtant admirables de tenue et de dignité, malgré leur situation.

L'un d'entre eux, père de deux enfants, tente de dire que vivre à l'hôtel n'est pas une solution pour une famille, c'est toujours faute d'autre chose qu'elle se retrouve là. L'adjoint au maire lui ôte vivement la parole. Il parlera à son tour. Enfin, lorsqu'il pense s'être bien fait comprendre, l'adjoint au maire se lève et quitte la salle. Il a des rendez-vous importants à honorer. Le locataire peut parler mais il n'a plus d'interlocuteur car le service d'hygiène s'esquive à son tour. Ces questions de relogement ne les concernent pas.

Comme d'ordinaire, nous restons seules face aux sinistrés. Nous essayons de leur venir en aide avec l'unique moyen dont nous disposons : l'envoi à la cellule-logement, pour chaque famille, d'une demande d'hébergement. Sans espérer un seul succès. Conjointement aux demandes individuelles, nous remettons un rapport collectif, sur la situation des locataires de l'hôtel, à la conseillère technique départementale, en sachant d'avance sa réaction. Ça ne loupe pas. Après avoir levé les yeux au ciel et soupiré, elle déclare qu'il est tout à fait illusoire d'attendre des solutions de la cellule-logement.

7

LE TÉLÉPHONE VERT

Aujourd'hui, alors que des familles s'enlisent dans des difficultés socio-économiques grandissantes (habitat dégradé, chômage, pauvreté, déscolarisation, délinquance...), les pouvoirs publics se contentent de réaffirmer leur souci de la protection de l'enfance en nous réclamant une vigilance accrue, une présence multipliée et des accompagnements sociaux plus précoces. Ce qui nous désarçonne car, constamment interpellées et sensibilisées, nous ne savons pas comment répondre. Les accompagner vers quoi ? Qu'apporter aux familles que nous ne faisons déjà ? Comment traiter leurs difficultés ? Ce qui nous conduit inexorablement, par crainte d'une nouvelle aggravation, à demander des mesures de protection judiciaire. Signe des temps, donc, la multiplication des « signalements ».

Un signalement judiciaire en urgence ne fait plus aujourd'hui l'ombre d'un doute, là où hier le service d'Aide sociale à l'enfance, responsable de la protection administrative, ne jugeait pas nécessaire son intervention. « Qu'attendez-vous de nous ? Le secteur est aussi compétent que nous pour traiter ce genre de situations ! » Faute de pouvoir faire évoluer la situation, certains de ces appels au juge aboutissent, au bout de six mois, d'un an, à une mainlevée. La famille aura été ballottée d'un service à un autre, aura dû admettre dans son espace privé l'intrusion de toujours plus d'intervenants, sans en tirer avantage en terme d'amélioration de son existence. Le secteur devra alors à nouveau faire face seul à une situation identique où pèsent les mêmes inquiétudes.

Mais à part qu'on « signale » plus vite et plus fréquemment, la forte mobilisation des pouvoirs publics et des associations, depuis plusieurs années, pour sensibiliser et former un large public au problème des enfants en danger n'a pas entraîné de changement important dans le repérage et le traitement de ces situations. Leur connaissance est toujours assurée par le secteur.

Le téléphone vert, « dispositif phare » de la protection de l'enfance qui devait « briser la conspiration du silence » et nous révéler « la partie immergée de l'iceberg », à nous qui n'en connaissions « que la pointe », se montre d'une grande discrétion. Ses manifestations sont des plus rares. En trois années, notre service peut les compter sur les doigts d'une main et aucune n'a porté à notre connaissance une situation réelle de danger jusqu'alors ignorée de nous. « Après trois années de fonctionnement, peut-être est-il encore trop tôt », hasardent comme explication les *Actualités sociales hebdomadaires* en constatant que, dans son bilan d'activité, « le numéro vert national reste fort discret sur l'impact du dispositif auprès des usagers ». Pour un outil proposant un repérage immédiat des situations d'enfants en danger…

Mais, si la connaissance du secteur est bonne, il faut reconnaître qu'on le doit d'abord aux familles car elles ont pour habitude de se signaler délibérément à notre attention. Les nouvelles venues, à peine débarquées dans le quartier, viennent à notre rencontre. Les occasions ne manquent pas : les attestations de domicile ou les quittances de loyer en bonne et due forme font défaut, le bénéfice du tarif dégressif de cantine ne peut être appliqué en l'absence des justificatifs de revenus, le transfert du dossier CAF est en panne et les prestations de chômage ou le RMI n'arrivent pas… Les présentations ont lieu parfois avant qu'elles ne trouvent le chemin du service : par les liaisons téléphoniques des collègues qui les avaient précédemment en charge, par les dossiers qu'elles prennent soin de nous transmettre et qu'enregistre aussitôt la secrétaire de coordination pour que nous les ayons sous la main dès qu'elles viendront à la permanence. Lorsqu'elles négligent d'assurer elles-mêmes leur signalement, les écoles, les hôpitaux, les PMI, les services administratifs... les remplacent pour cette première prise de contact.

Nous restons rarement longtemps des inconnus les uns pour les autres.

Et ceci, sans avoir besoin d'aucune grille pour nous permettre de débusquer méthodiquement les familles à risques. Un peu d'expérience suffit pour savoir que nous ne manquerons pas d'intervenir auprès de cette jeune de dix-neuf ans qu'un hôpital nous signale parce que, après une grossesse non suivie, elle retourne, seule avec son bébé et son allocation de parent isolé, vivre en hôtel meublé, et que nous ne connaîtrons jamais cette accouchée de profession libérale à qui nous envoyons une mise à disposition systématique. Les trois quarts du temps, nous les avons gros comme des maisons devant les yeux, les familles dites « à risques » car, presque à tout coup, ce sont les plus démunies et les plus dépendantes des services sociaux. La comparaison tombe cependant mal. De plus en plus, nous les avons gros comme des histoires à dormir dehors.

En une semaine, ce sont trois jeunes mères qui se présentent à mes services. Chassées avec leurs enfants de leur précédent hébergement, elles ne savent plus où habiter.

À bien y réfléchir même, la principale évolution du travail quotidien de protection de l'enfance et, notamment, de la pratique du signalement reste l'arrivée au sein des circonscriptions sanitaires et sociales, au milieu des années 80, de nouveaux professionnels – médecin intersecteur de PMI, puéricultrice, travailleuse familiale (trop rarement) – et, avec eux, l'instauration des commissions d'évaluation. Auparavant, nous étions seules face aux situations d'enfant en danger. Quelle que soit la connaissance que pouvaient en avoir d'autres intervenants – médecins de ville, enseignants... – ils se déchargeaient sur nous de ces délicats problèmes.

Un jour, une directrice d'école me contacte. Elle s'inquiète de l'état de fatigue et de négligence physique d'une enfant. A-t-elle vu les parents ? Non, ils ne viennent jamais à l'école. Les a-t-elle convoqués ? Non plus. Mais le médecin scolaire l'a fait et ils ne se sont pas présentés au rendez-vous. Elle me demande d'aller un soir au domicile vérifier ce qui se passe.

J'y vais. En m'approchant du palier de leur appartement, je déclenche un vacarme infernal. Des chiens s'abattent lourdement derrière la porte, la griffent, grondent et aboient furieusement. Que faire ? Repartir ? Oui, mais il me faudra revenir et les chiens ne seront pas de meilleure humeur. La gorge sèche, le cœur palpitant, je sonne timidement. Le vacarme des chiens redouble mais leurs propriétaires ne se manifestent pas. À mon grand soulagement ! Je me voyais mal émettre quelques doutes sur leur qualité de parents, avec leurs gros mastards m'exhibant leurs crocs et me flairant les fesses. Des gens que je ne connaissais même pas !

Mais c'est ainsi qu'on voyait votre rôle. Vous étiez l'assistante sociale, oui ou non ? Euh... Oui. Alors, vous y alliez puisque c'est à vous seule qu'il revenait d'enquêter et de juger de la nécessité d'un signalement. C'était une responsabilité terrible car vous ne saviez jamais si vos craintes étaient réellement fondées et si le juge allait se saisir (et les juges se saisissaient beaucoup moins qu'aujourd'hui !). Si votre connaissance propre d'une situation ne vous semblait pas suffisante pour justifier un signalement, le signalement restait en suspens, et vous, préoccupée. En revanche, si vous transmettiez vos inquiétudes au juge et qu'il trouvait le danger insuffisamment certain pour ordonner une mesure, vous récupériez la famille avec tout le contentieux créé par le signalement avorté. Un contentieux qui s'exprimait dans le meilleur des cas par une forte déception – Vous, leur assistante sociale, vous les aviez mis au juge ! –, le plus souvent par des violences verbales, parfois par des menaces physiques.

Les associations qui s'occupent de l'enfance malheureuse ont moins de réticence à signaler, a-t-on dit et écrit. Il n'est pas difficile de comprendre pourquoi ! Toutes les équipes ont des souvenirs de collègues condamnées, pour échapper à la rage d'un signalé, à se barricader dans les W-C, à s'échapper par une porte dérobée ou par un soupirail. Cette famille que vous vous étiez mise toute seule à dos par un signalement, jugé inopportun ou prématuré, vous en gardiez la charge au titre de la protection de l'enfance et elle pouvait vous faire intervenir pour tout autre problème, dette, expulsion… exiger de vous une visite à domicile. Hautement inconfortable et redoutée, comme situation.

Mais cette solitude pesait particulièrement lourd lorsque nous pressentions, sans pouvoir par notre seul témoignage être entendues du juge, que des enfants vivaient dans un climat de violence ou étaient en danger permanent avec des parents incapables d'assumer leur rôle éducatif et même l'organisation de leur vie quotidienne.

Le père de Thomas était un homme malade. À la fois dépressif et violent. Il avait tenté plusieurs fois de se suicider et gardait sur le corps de nombreuses traces de lacérations qu'il tenait à m'exhiber à chaque rencontre. Son psychiatre m'avait recommandé de ne jamais le recevoir seule. Il avait mis, un an auparavant, son bureau à sac et l'avait menacé physiquement. Pour lui, c'était un homme dangereux qu'il avait renoncé à soigner. La mère, devant son mari, ne s'exprimait que très rarement et avec beaucoup de crainte.

Un soir, Thomas, alors âgé de quatre ans, rentre à l'hôpital. Il a reçu une assiette en pleine figure. Des brisures sont restées dans l'œil. L'œil n'est peut-être pas perdu mais il est très abîmé. Le père donne des circonstances de l'accident une version sidérante. C'est sa sœur qui, en jouant, lui a lancé l'assiette. Le médecin n'est, pas plus que moi, convaincu par l'explication mais affirme qu'il est impossible à quiconque de prouver qu'il s'agit d'un mauvais traitement. Soit !…

Quelques jours après, la collègue de l'hôpital m'appelle. Le père demande la sortie de l'enfant, contre avis médical : l'œil de l'enfant nécessite des soins quotidiens pendant une dizaine de jours encore. J'explique la procédure à suivre. Sur la demande des médecins, le juge peut maintenir l'enfant à l'hôpital pendant la durée des soins. De plus, c'est une manière de le mêler à cette histoire qui ne nous dit rien qui vaille. Les médecins en décident autrement. Ils craignent les vociférations du père qui s'est déjà fait entendre dans le service. Ils laissent partir Thomas en faisant promettre au père de le conduire chaque jour chez un ophtalmologiste. Naturellement, la charge du bon suivi médical me revient. L'enfant ira pendant trois jours en consultation. Ensuite, une enquête à domicile m'apprendra que la famille a déménagé à la cloche de bois. Une importante dette les menaçait d'expulsion.

Après un internement psychiatrique de plusieurs années, une mère, qui sous l'emprise de la démence avait tué son dernier-né âgé de deux ans, récupérera sans autre procédure la garde de ses deux autres enfants. S'ils avaient échappé à sa folie meurtrière, c'est uniquement parce que, plus grands et plus agiles, ils avaient réussi à s'enfuir. Le plus jeune n'avait pas su. Ils seront remis sans mesure de surveillance judiciaire parce que les psychiatres ne le voulaient pas, sans soutien psychologique car, toujours d'après les psychiatres, les enfants n'étaient pas et n'avaient jamais été demandeurs.

La mère, lorsqu'elle n'était pas totalement abrutie par les médicaments qu'elle ingurgitait à dose massive, débitait, le regard vide, d'une voix mécanique les discours que lui tenaient les soignants. « Il faut que je travaille… Que je reprenne une vie normale… Que j'assume mes enfants… »

Les psychiatres veillaient à tout, à cela près que les internats où ils étaient scolarisés la semaine nous appelaient pour que nous bricolions des solutions d'urgence lorsque la mère n'était pas en état de les prendre le week-end et qu'ils ne savaient pas quoi faire des enfants. Et avec qui décider d'une orientation scolaire ou même d'un départ à l'étranger dans le cadre d'un échange culturel lorsque le responsable légal est interné ? Ils nous confiaient aussi à quel point les enfants, en grandissant, allaient mal, semblaient tristes et comme indifférents à tout.

Fallait-il vraiment les remettre à cette femme au psychisme si altéré, qui avait voulu se supprimer à la naissance de l'un d'eux puis tenter de les faire disparaître tous les trois, et qui, au fil des années, connaîtrait des hospitalisations de plus en plus fréquentes et de plus en plus longues ? Ils avaient terriblement souffert ensemble. Ils auraient pu apprendre à vivre séparément. La mère aurait donné ce qu'elle aurait pu donner, une lettre, un coup de fil, une visite... sans avoir à assumer la responsabilité de leur éducation. Mais nous n'avons jamais pu en discuter. Les psychiatres avaient décidé « de lui permettre d'être mère encore » et le juge, informé, laissait faire.

Aujourd'hui, grâce à la mise en place d'équipes pluridisciplinaires, nous ne travaillons plus ainsi. Si un service hospitalier se dérobait, au risque de faire perdre un œil à un enfant, le médecin intersecteur interviendrait et solliciterait immédiatement du juge une ordonnance de placement provisoire à l'hôpital pour la durée des soins. Si une équipe psychiatrique élaborait un invraisemblable projet thérapeutique de réparation familiale, la commission d'évaluation se saisirait et en discuterait.

C'est dorénavant la commission tout entière qui prend la décision de transmettre ou non un signalement au juge des enfants. La commission est un outil précieux parce qu'elle fonctionne bien. Où se réalise pour une fois un vrai travail partenarial parce qu'il n'y a pas de voix prépondérante. Chacun apporte la connaissance qu'il a de la situation. Un médecin ou une puéricultrice saura mieux déceler les signes d'une maltraitance physique, une négligence médicale, une mauvaise alimentation, entrer en relation avec un hôpital, demander un bilan, discuter d'un suivi. Une assistance sociale pourra retracer l'histoire familiale, appréhender dans les difficultés présentes celles dues aux mauvaises conditions d'habitation, à la précarité d'une situation de travail, à l'instabilité des ressources, à l'irrégularité ou l'incertitude du séjour. Les enseignants et les personnels scolaires connaissent bien les enfants avec qui ils sont en contact quotidien.

La commission prend ses décisions en fonction de tous ces apports. Sa tâche n'est pas pour autant aisée car le danger est souvent difficile à apprécier. Les situations sont délicates et complexes, tant sur le plan social que sur le plan psychologique. En partie insaisissables, quelle que soit notre volonté de les « cerner par des approches multiples ». Parfois, plus on essaie de comprendre une problématique familiale et plus la réalité nous échappe. Plus on en discute et plus s'éloignent les évidences du départ. Il faut faire avec, mais il va sans dire que la commission d'évaluation connaît des moments de perplexité, de troubles, d'hésitation, de heurts. Il arrive que les avis divergent étrangement. Certains membres voient des enfants en état de prédélinquance, livrés à eux-mêmes, dans une situation matérielle désastreuse, ou d'autres, sans nier le dénuement matériel, évoquent d'abord le profond attachement de la mère à ses enfants, la chaleur de la relation des enfants entre eux et leurs progrès scolaires. Dans une autre situation, au sujet d'une famille particulièrement destructrice où l'enfant de neuf ans commet des actes inquiétants (fugues, tentatives d'incendie dans le hall de son immeuble), des collègues se heurtent à une équipe médico-psychologique opposée à tout signalement. « C'est votre droit de signaler mais vous prenez le risque, en faisant surgir chez le père tout le drame de son enfance, drame qu'il nous a révélé mais que nous devons garder sous le sceau du secret, de le conduire à des actes de la plus haute dangerosité. » Que faire ? Qui croire ? Signaler est-il un acte responsable ou au contraire un désir de se désengager au risque du pire, au mépris, comme semble le penser l'équipe médico-psychologique, d'êtres déjà terriblement fragilisés par la vie ?

D'autres fois, c'est avec l'autorité judiciaire que l'appréciation diverge. La commission écarte à l'unanimité la nécessité d'un placement et le juge le réalise sur la demande expresse, expliquera-t-il plus tard, du procureur de la République.

La perception du danger reste forcément personnelle et chacun assume ses responsabilités, en son âme et conscience. Cela n'écarte pas les risques d'erreur car il n'existe aucun moyen de vérifier par avance si la décision prise est la bonne.

Les enfants aussi peuvent nous faire douter des décisions qui nous ont semblé être les meilleures pour eux.

Lors d'une commission réunissant un pédopsychiatre et une assistante sociale de l'ASE, un psychiatre et une assistante sociale de l'hôpital, des éducatrices du foyer d'accueil, le service social de secteur... nous décidons d'un commun accord de demander au juge de transformer le simple accueil d'un enfant de six ans à l'ASE en placement judiciaire, afin d'éviter que la mère ne vienne le reprendre comme elle en a manifesté l'intention. Quelques jours plus tard, Julien est dans nos murs. Il attend gentiment, avec son éducatrice, depuis plus d'une heure, sa mère qui ne vient pas, qui a sans doute oublié dans son insouciance, dans son inconscience habituelle, ou qui a peut-être simplement confondu les dates. Mais non. Elle arrive. Et Julien crie au point de nous faire sortir de nos bureaux et de rameuter tout le service dans le couloir. Il saute de joie, se pend au cou de sa mère, l'embrasse en riant, transformé en un instant par le bonheur d'être dans ses bras, de la toucher, de la sentir, de la retrouver. En les observant, on se dit qu'aujourd'hui la sage décision de la commission ne va pas être facile à expliquer.

Cela fait cinq mois maintenant qu'un soir, vers 19 heures, nous avons, Valérie et moi, emmené Julien au foyer de l'aide sociale à l'enfance. Il était, comme sa mère, dans un état pitoyable : sale, affamé, tellement perclus de fatigue qu'il avait uriné sous lui, et la mère n'avait plus de linge de rechange. Depuis plusieurs jours, ils traînaient à la rue et avaient même dormi dans une voiture. De plus, la mère était enceinte d'un homme dont elle ne savait rien. On ne pouvait pas se contenter de leur trouver un abri pour trois jours. L'Aide sociale à l'enfance, comme à son habitude, ne voulait pas admettre l'enfant en urgence. Son équipe devait auparavant « mener une évaluation complète de la situation, examiner les motivations de la demande de séparation, les projets de la mère, la durée probable de l'accueil... pour, ensuite, négocier et contractualiser avec elle le placement ». Et puis, de toute façon, il n'y avait plus de place au foyer. Le juge ne voyait pas de raison à son intervention puisque la mère était d'accord pour placer son enfant. Il a fallu nous battre pendant plusieurs heures avec ces institutions, nous refusant l'une comme l'autre leur concours. Entre-temps, on cherchait, sans trouver, n'importe quel abri pour la nuit.

Quelques mois plus tard, une collègue connaîtra les mêmes péripéties avec une mère menaçant de jeter son enfant par la fenêtre. L'équipe ASE n'était pas complète, en partie en vacances. Il fallait attendre deux semaines son retour. L'ASE tablait sur le fait que la mère exprimait plus sa détresse qu'une intention véritable. Une hypothèse qui ne ralliait pas tout le monde. Mal convaincues, la collègue assistante sociale et la puéricultrice se relaieront le plus souvent possible auprès de la mère en espérant qu'il n'arrive rien. Lorsque l'évaluation de l'ASE conclut à la nécessité du placement, la mère s'était ravisée. Il a fallu presque lui arracher le bébé !

Une autre mère, après s'être vu refuser l'accueil de son bébé à l'Aide sociale à l'enfance, en viendra à l'abandonner dans son landau à deux reprises, sur la voie publique. La première fois, les gendarmes qui la connaissaient le lui ramèneront. La deuxième fois, le juge ordonnera son placement.

Les enfants placés mangent à eux seuls la plus grosse part du budget d'action sociale du département. Les réticences à les admettre sont à la hauteur de ce coût financier. L'ASE craint toujours qu'une admission trop facile n'en entraîne d'autres.

Enfin, pour Julien, en fin d'après-midi, un lit se trouve disponible au foyer d'accueil. Pas un lit d'appoint. Un vrai lit, dans une vraie chambre, comme nous le constaterons *de visu* et qui, de toute évidence, aurait été inoccupé ce soir-là. Julien ne reste pas longtemps au foyer. Lui qui avait toujours vécu dans « une relation proche », « très intime », « quasi fusionnelle » avec sa mère, n'accepte pas l'institution. Il part provisoirement en famille d'accueil. Une de ces familles nouvelle formule qui offre un dépannage de trois mois maximum aux enfants accueillis à l'ASE. Il n'est pas du tout sûr, si le placement se prolonge, que l'ASE trouve un autre accueil familial à Julien. L'ASE manque cruellement de familles de substitution pour les enfants placés à plus long terme. Ils doivent alors rester en établissement même s'ils ne supportent pas la vie collective et sont le plus souvent, du fait de l'organisation en groupes d'âge, séparés de leurs frères et sœurs.

Julien émerge lentement de la confusion qui lui faisait reconnaître sa maison dans chaque immeuble, son école dans chaque bâtiment. Il progresse scolairement. Dans le même temps, il est en proie à une multitude de troubles : énurésie, insomnies, actes de violence sporadiques. Des troubles qui expriment sa souffrance de la séparation brutale, qui s'apaiseront à mesure que s'éloignera de lui la vie chaotique du temps de sa mère. Car, comme elle le dit elle-même, elle l'a traîné dans toutes ses galères, mais, jamais, ça jamais, elle ne l'a abandonné. Elle a toujours été à ses côtés. Aujourd'hui, elle veut le reprendre pour s'en aller, avec lui et le bébé, chez sa propre mère, en province. Que faire ? Le laisser partir pour qu'elle l'entraîne à nouveau dans de désolantes aventures : l'errance d'une vie toujours dépendante du premier venu, une insécurité porteuse de graves menaces pour son avenir ? Le retenir pour lui permettre de grandir un peu tranquille, mais contre son désir de vivre avec sa mère et au risque d'une séparation perpétuelle ?

Ce qui m'a le plus frappée dans le livre *Les Enfants brisés* de Simone Chalon et dans le climat médiatique qui a suivi sa parution, c'est l'évacuation totale de cette complexité. Les situations sont atroces mais limpides. Les solutions coulent de source : poursuites pénales des parents, retrait définitif des enfants. Le travail du personnel socio-éducatif n'échappe pas à la caricature. Nous sommes plus néfastes qu'utiles. Nous ne percevons rien de la réalité, nous ne sommes animées d'aucune intelligence, d'aucune sensibilité, nous remettons sciemment des enfants martyrs à leurs parents pour qu'ils achèvent leur œuvre de tortionnaires. Le simplisme devrait s'imposer des limites même lorsqu'il est au service d'un militantisme actif. Des familles en feront durement les frais. La police, louangée pour ses actions radicales et immédiates, loin de la lenteur, de l'atermoiement, voire de la complicité des travailleurs sociaux, aura à cœur de se montrer digne du compliment. Des parents avaient fait mal à leurs enfants. On allait leur montrer ce que souffrir voulait dire. Comme s'ils ne le savaient pas déjà !

Trois inspecteurs de police, armés jusqu'aux dents, pénétreront à grands coups de bruit de bottes et de claquements de portes dans le service de pédiatrie d'un hôpital, ordonnant qu'on leur amène sur-le-champ une mère qui se trouvait là, près de son enfant. Les médecins avaient remarqué des ecchymoses sur le corps de la fillette, hospitalisée pour une banale maladie. Le diagnostic était formel. Il s'agissait de mauvais traitements. Les examens approfondis n'avaient décelé aucun traumatisme interne, aucune lésion ancienne. Le développement psychomoteur était bon. La mère avait perdu brutalement son mari dans un accident de la circulation, un an et demi plus tôt. Elle avait avoué récemment sa fatigue et son énervement devant la vivacité de sa petite fille ; « une boute-en-train de la classe », dira son institutrice de maternelle. Et puis, ce n'était peut-être pas par hasard si elle avait conduit l'enfant à l'hôpital pour une raison bénigne. Depuis, elle lui rendait visite chaque soir et rencontrait aussi le pédopsychiatre à qui elle avait commencé à parler de la souffrance de son deuil. La commission d'évaluation s'était réunie en urgence et avait transmis un rapport sur les faits au juge des enfants.

Rendu furieux par l'arrogance de leurs propos et par la violence de leurs comportements, le médecin chef du service mettra les trois « Starsky et Hutch » (d'après sa propre expression) promptement à la porte, en se promettant d'avertir le juge de leur conduite. Le lendemain, la mère se rend à la convocation qu'ils lui ont laissée. Au commissariat, elle est immédiatement menottée, gardée à vue pendant vingt-quatre heures, privée du droit de prévenir son employeur et sa famille.

Quelques mois plus tard, un fourgon de police viendra chercher, au vu et au su de toute une cité HLM, un homme et sa fille de dix-sept ans, suite à une accusation d'inceste. Une cité bien avertie de toute façon par les multiples interrogatoires menés depuis des semaines par la police auprès du voisinage, du concierge... L'examen gynécologique innocentera le père. Sa fille n'avait encore jamais eu de relation sexuelle. Elle l'avait dit deux mois plus tôt, le jour où je les avais amenés, elle et son père, dans le cabinet du juge. Mais aucun examen ne pouvait être pratiqué rapidement. Le parquet devait faire son travail, mener une enquête. Eux devaient rentrer chez eux et attendre la convocation. « On aura tout vécu », m'avait-elle dit pendant le voyage du retour. « À six dans une loge de concierge qu'on partageait avec mon oncle et ma tante : mon père a travaillé dur pour nous sortir de tout ça. Malheureusement, la mort de ma mère a tout anéanti. Aujourd'hui mon père est un salaud et personne ne veut me croire. Ma réaction est normale, m'a dit le juge. On n'avoue jamais dans ces cas-là. »

La mère de la fillette sera soignée pour dépression, séparée de son enfant pendant un an. Le père de l'adolescente quittera la ville, abandonnant une situation pourtant chèrement acquise.

La police fera encore une intrusion brutale et inutilement humiliante dans une famille connue du juge uniquement parce que, menacée d'expulsion pour une dette de loyer, elle avait accepté la mise sous tutelle de ses prestations familiales. Avec fracas, devant les enfants apeurés, ils ouvriront les placards de cuisine et le réfrigérateur et en déballeront le contenu. Une famille qui n'avait certes pas une gestion budgétaire irréprochable mais ne laissait ses enfants privés ni de nourriture, ni de soins. Le rapport de demande de tutelle ne faisait planer aucun doute là-dessus.

Heureusement, le zèle punitif des policiers n'a pas duré. La brigade des mineurs, acteur permanent de la protection de l'enfance, a su depuis retrouver le chemin de la mesure.

Si la loi de 1989 et la sensibilisation accrue de la population à la maltraitance n'ont pas bouleversé le quotidien de la protection de l'enfance, il semble tout de même qu'on en développe depuis plusieurs années une vision illusoire.

Comment des écoutantes du téléphone vert peuvent-elles dire : « En un an, nous avons réglé des centaines de cas » ?

Règle-t-on des situations douloureuses et complexes en répondant à un appel téléphonique ? Une fois l'appel enregistré, s'il y a lieu de donner suite, elles nous le transmettent (d'après leurs propres statistiques, 0,8 % des appels sont ainsi retransmis) et nous sommes bien placées pour savoir, si le danger se vérifie, qu'il faudra aux intervenants (travailleurs sociaux, juge...) d'abord, l'acceptation de la famille, ensuite, des années de travail en collaboration avec d'autres services et des relais extérieurs, pour modifier les comportements et les relations familiales. Mais la confusion s'est si bien installée qu'aujourd'hui on fait croire que le signalement d'une situation de danger équivaut à son règlement.

Un substitut du procureur de la République conseille sur les ondes de « signaler en amont, dans un but de prévention, toute famille où il aura été repéré de légers signes de maltraitance, un soupçon ou une souffrance de l'enfant afin de dénouer au plus tôt la crise familiale ».

« Un signalement intempestif vaut mieux que l'ignorance délibérée d'un problème. » « Le signalement ne doit plus être vu comme une mesure de délation ou de sanction. Le signalement apporte un réel soulagement aux parents qui n'en peuvent plus de ne pas savoir s'occuper de leurs enfants », répètent nos responsables.

Curieuse, cette soudaine banalisation du recours à la justice, alors qu'auparavant tant de signalements n'ont abouti à aucune mesure de protection de l'enfance parce qu'aux yeux des juges les faits n'étaient pas assez probants, suffisamment établis, dûment constatés. Combien de fois aussi, alors que nous évoquions la détresse d'un enfant, des psychologues ne nous ont-ils pas renvoyées à nos propres angoisses, à notre propre fragilité, à notre propre incapacité à assumer une situation difficile ? Quand ils ne brandissaient pas comme une menace la probable décompensation psychique d'un père, d'une mère à l'histoire douloureuse, pour nous dissuader d'entreprendre un signalement. Les mêmes nous reprocheront ensuite de trop tarder ou de trop facilement fermer les yeux...

Du côté des familles, il faut se rendre à l'évidence. Bien peu d'entre elles acceptent de bonne grâce de se voir signaler au juge, même si on leur explique que c'est un geste salutaire, une main tendue. D'ailleurs, un signalement estimé nécessaire doit être fait mais pourquoi vouloir à tout coup que la famille l'apprécie ? La dernière fois qu'on m'a servi cet argument, j'étais vraiment dubitative. Je connaissais suffisamment la mère, une femme fermée à toute relation sociale, vivant repliée sur elle-même et sur sa pauvreté, ayant pour seule passion son fils, pour savoir que, sauf par crainte d'un retrait, elle ne laisserait personne aller vérifier l'éducation qu'elle lui donnait. Informée du signalement, elle voulait déménager sur-le-champ. Elle ne l'a pas fait. Elle n'en a pas les moyens. Mais elle a tenté de faire domicilier son RMI sur une autre commune pour que nous n'ayons plus à nous occuper d'elle. Sa manœuvre, maladroitement menée, a échoué et la relation déjà tendue a été, un temps, empoisonnée par ce signalement en urgence. Un signalement qui, après quelques mois d'enquête sociale, s'est terminé par une mainlevée du juge pour, d'après ses termes mêmes, « refus de la mesure par la mère et l'enfant ».

Une autre fois, un père qui fait vivre ses enfants dans une pauvreté sans nom paiera 800 francs la présence d'un avocat à ses côtés lors de son premier entretien avec le juge.

C'est à l'irritation de certains enseignants qu'on s'aperçoit surtout de ce leurre du signalement. « On nous a fait venir à une commission, on a participé à un signalement, et tout ça pour rien car rien n'a changé. » Comme si le signalement allait transformer les parents du jour au lendemain !

Non, un coup de fil aux services sociaux ou au téléphone vert ne protège pas un enfant. Non, un dossier chez le juge ne protège pas un enfant. Il faut ensuite trouver les moyens concrets de soulager les parents d'une charge d'éducation présentement trop lourde pour eux. Si « le travail en profondeur de restauration des liens » se contente, comme c'est encore souvent le cas, d'être un vague échange verbal entre une famille et un travailleur social mandaté qui lui dispense à domicile la bonne parole éducative, une ou deux fois par mois quand ce n'est pas une fois tous les deux mois, qu'est-ce que cela modifiera ? Mais le soutien de ces familles dans leur vie de tous les jours n'est pas chose simple.

Beaucoup s'émeuvent du sort de ces enfants en danger, surtout lorsqu'ils en entendent parler dans les médias. Peu répondent présents pour mettre à leur disposition leurs moyens et leurs compétences.

Une fois, devant l'état d'énervement d'une mère, coincée avec son enfant non seulement dans une pièce unique mais aussi dans une situation familiale impossible (son titre de séjour ne l'autorisait ni à travailler, ni à quitter un mari avec qui elle se trouvait en conflit permanent et qui ne lui donnait pas un centime), j'avais sollicité de divers organismes des aides pour payer des heures de halte-garderie à son petit garçon de seize mois. J'avais pris la peine de présenter la situation à la directrice. L'enfant, malgré sa nervosité, s'adaptait bien. Il se plaisait au milieu des autres enfants. J'ai obtenu en tout et pour tout six cents francs. La somme épuisée, l'enfant et la mère sont retournés à leur tête-à-tête infernal.

Une autre fois, la commission d'évaluation décide de mettre une infirmière scolaire à contribution pour qu'une douche soit donnée, de temps à autre, à une fillette qui vivait dans des conditions sanitaires déplorables. L'infirmière a très mal accueilli la proposition. Elle est montée sur ses grands chevaux. Elle n'avait pas fait trois années d'études pour qu'on lui demande de laver une gamine. Furieuse, elle parlait d'en référer à son syndicat. La commission ne lui a plus rien demandé.

Plus généralement, les crèches, par excellence lieux d'éveil et de protection du jeune enfant, ont une sélection si rude et tellement basée sur la motivation des parents pour ce mode de garde que ces « familles à risques » en sont exclues systématiquement. Lorsque nous intervenons pour demander une admission, certaines directrices nous opposent les réticences d'un personnel mal préparé à recevoir des enfants peu soignés ou peu gratifiants, affublés de parents aux comportements maladroits ou difficiles. Les écoles leur ferment les portes des cantines ou des études, réservées aux enfants des parents qui travaillent. Trop d'enfants déjà y sont inscrits. Les locaux s'y prêtent mal, le personnel d'encadrement est insuffisant. À chacun ses raisons, bien sûr... Les rencontres avec les instituteurs sont laissées à l'initiative des parents. Ceux qui ont d'eux-mêmes et de leurs enfants une image suffisamment bonne les provoquent, les autres les évitent. Si on déplore cette indifférence qui handicape la scolarité, c'est pour mieux l'entériner au nom de la liberté de chacun. Les voisins, le plus souvent, les ignorent et ne leur sont d'aucun secours. L'aide aux devoirs, si précieuse pour ces enfants car elle permet aussi le plaisir d'une relation avec un adulte disponible, n'existe pas toujours et n'est pas partout encouragée et valorisée par les municipalités. Le parrainage est mal vu des professionnels et des institutions : Quel vide affectif, quel désir louche ces gens cherchent-ils à combler en voulant s'occuper d'un enfant en difficulté, pendant les week-ends ou les petites vacances ? L'envie de parrainer n'est pas si fréquente mais les rares demandes que nous avons transmises aux services de l'Aide sociale à l'enfance sont restées sans suite. Même la présence d'adultes prêts à donner un peu de leur temps et d'eux-mêmes aux enfants de leur quartier est parfois jugée dérangeante. Je connais une école qui s'est opposée pendant des années à un groupe d'une dizaine de parents voulant animer la bibliothèque scolaire le samedi matin. Une école où, par ailleurs, la moitié des enfants était d'origine étrangère et où les enseignants se plaignaient que la lecture ne soit pas valorisée chez eux. Une école où les livres achetés l'année précédente n'étaient pas sortis de leurs cartons faute, pour les maîtres, d'avoir eu le temps de s'en occuper. De guerre lasse, les parents n'en ont plus manifesté l'envie. En quoi des parents prêts à faire partager le plaisir de lire à d'autres enfants que les leurs pourraient-ils nuire ? Il est important d'afficher le numéro du téléphone vert dans les écoles pour que les enfants le connaissent et sachent où appeler en cas de besoin. Il est important d'apprendre aux enfants à reconnaître et à dénoncer les comportements violents ou pervers des grandes personnes qui les entourent. Mais est-ce que des adultes qui leur prêtent attention et intérêt, les ouvrent au monde en les respectant, ne sont pas également des protecteurs de l'enfance ? Ces mamies bénévoles, par exemple, qui prennent sur leurs genoux les tout-petits d'une cité HLM pour leur raconter des histoires, leur apprendre la magie, la tendresse, la drôlerie des mots (et donner aux parents l'envie de faire de même) autant que les écoutants du téléphone vert ?

Reste le problème, objet d'un perpétuel débat dans nos services, de la difficulté des prises en charge thérapeutiques. À la vision désastreuse qu'ont ces familles des soins psychologiques, réservés aux « fous, détraqués, tordus, pervers... », s'ajoute la distance que ces structures de soins entretiennent avec ce type de population. Enfermées dans leur tour d'ivoire, elles ne communiquent que très rarement avec les autres services, ne s'intéressent pas aux questions sociales et n'acceptent que la prise en charge des personnes qui ont une démarche volontaire et savent formuler clairement leur demande de soins. Les parents qui font l'effort de premiers entretiens se découragent souvent, se privant ainsi d'une possibilité de parler d'eux-mêmes, de leurs émotions, de leurs angoisses, de comprendre leurs comportements et de modifier leurs relations avec leurs enfants.

Les assistantes sociales font toujours trop ou trop peu.

Trop de demandes de secours.

Trop de distributions d'aides matérielles sous forme de ticket-restaurant, de ticket de métro, de bon d'hébergement. (On nous appelle constamment à plus de modération, on nous remet en tête les critères d'attribution : une aide ponctuelle qui doit offrir un dépannage mais ne doit pas se renouveler.)

Trop de rapports alarmants sur les conditions nocives de vie.

Trop peu de comptes rendus sur leur activité aux élus qui les payent (les miens cette fois vont être servis).

Trop peu d'actions éducatives budgétaires auprès des familles en perpétuelle détresse financière.

Trop peu de contrats d'insertion dans le cadre du RMI.

Trop peu de signalements d'enfants en danger ou, peut-être, déjà trop de signalements.

Des magistrats commencent à s'inquiéter de cette montée en masse des signalements : des signalements multipliés par cinq entre 1988 et 1989 dans un département comme celui de l'Indre-et-Loire !

« Pourquoi en dix ans le nombre d'enfants en danger suivis par la justice des mineurs, dont les enfants maltraités ou négligés ne représentent qu'une infime partie, est-il passé de 55 000 à 155 000, alors qu'en nombre les classes d'âge concernées sont restées stables ? », se demande Jean-Pierre Rosenczveig dans un article du *Monde* daté du 6 juin 1990. « Cette augmentation ne correspond pas à une aggravation objective du sort fait aux enfants dans ce pays. C'est donc bien autre chose qui se joue. Deux phénomènes semblent se combiner : un renvoi vers l'État des situations "lourdes" par les départements après la décentralisation, une vision mythique de la justice dont on attend qu'elle résolve miraculeusement les cas dits difficiles. Cette évolution est inquiétante. D'abord parce que les tribunaux pour enfants, à moyens égaux, ne peuvent plus faire face et ne sont pas en mesure d'offrir aux enfants et à leurs parents les garanties qu'ils sont en droit d'attendre d'eux. [...] Et puis surtout, force est de constater que ce sont les familles les plus démunies qu'on "envoie" au juge. Ce transfert de population du social vers le judiciaire pose un réel problème pour les libertés. »

Un tiers des enfants signalés en danger relèvent du social et non du judiciaire, disent dans un dossier du *Canard enchaîné* consacré à la justice, les juges de province qui déplorent qu'on leur envoie des enfants parce qu'ils n'ont pas de logement, de place pour jouer ou pour faire leurs devoirs.

Rendant compte des journées techniques de l'aide sociale à l'enfance et de la justice des mineurs des 4 et 5 avril 1991, les *Actualités sociales hebdomadaires* évoquent « la sinistrose des juges qui croulent sous la charge des signalements » et qui, faute de moyens suffisants pour y répondre, ne peuvent plus faire exécuter leurs mesures et « pourraient être, un jour prochain, selon l'expression du président de l'association des magistrats de la jeunesse, à l'instar des travailleurs sociaux, inculpés de non-assistance à enfant en danger ».

Pour les *Actualités sociales hebdomadaires,* « l'augmentation massive des signalements traduit un affaiblissement de la capacité des travailleurs sociaux à gérer le risque et condamnerait à terme, si elle se poursuivait, toute intervention sociale préventive ».

Voilà bientôt venu le temps où juges, psychologues, employeurs, médias... nous reprocheront de trop signaler, préférant un recours facile à la justice à notre véritable mission de prévention, d'aide et d'assistance.

Alors qu'on donne à la maltraitance, à travers des enquêtes, des livres, des séminaires..., des causes essentiellement psychologiques (histoire personnelle des parents, climat affectif de la grossesse, de l'accouchement, des premières semaines qui suivent la naissance, place occupée par l'enfant au sein de la famille : enfant né d'un premier mariage, de sexe non désiré...), les professionnels de cette discipline sont étrangement absents du travail de terrain. Il est rarissime que l'un d'entre eux participe à une commission d'évaluation. Les psychologues des structures de ville n'aiment pas la commission. Dans les groupements d'aide sociale à l'enfance certains refusent même les entretiens avec les parents d'enfants placés, leur préférant l'analyse du fonctionnement de l'équipe éducative. Sur le secteur responsable des actions de prévention, d'où vont partir 90 % des signalements d'enfants en danger, nous n'en possédons pas.

Si nous avons obtenu la participation d'une psychologue quelques heures par semaine, c'est par l'intermédiaire de la mairie, dans le cadre du travail d'insertion des bénéficiaires du RMI. Et pour la première fois, j'ai vu une psychologue venir s'informer de ce qu'était une allocation mensuelle ou une carte de visiteur*. Pourtant, le travail de prévention dit primaire (en vue d'aider les parents avant qu'ils ne soient trop en difficulté avec leurs enfants et d'éviter le signalement au juge) se renforce et propose essentiellement aux familles une aide relationnelle, un soutien psychologique, dispensés bien évidemment par les non-psychologues que sont les travailleurs sociaux.

Car, s'il se trouve beaucoup de spécialistes pour nous conseiller, orienter notre travail et se disputer l'analyse de nos comportements et de nos pratiques professionnelles, à un niveau inférieur, en première ligne sur le terrain, en contact direct et permanent avec ces populations, face à toutes les difficultés du quotidien, devant toutes les détresses humaines, nous sommes sans rivales. De moins en moins nombreuses même.

Depuis plusieurs années, le recrutement pose un problème difficile. Les remplacements ne sont plus effectués. En 1991, 15 % des postes de polyvalence étaient vacants, selon le Commissariat général du plan, et notre département, qui proposait 25 postes par voie de concours, recevait 5 candidatures. Dans le même temps, pour faire face aux besoins, le Nord et les Ardennes embauchaient comme vacataires des travailleurs sociaux belges. Pourtant, quelques années auparavant, les écoles de formation, pour lutter contre leur désaffection, avaient revu à la baisse leurs critères de sélection, laissant entrer presque tous ceux qui se présentaient. Malgré tout, en 1992, 37 % des postes de secteur du département des Yvelines étaient vacants. En 1993, l'épreuve du concours du

* Titre provisoire de séjour qui n'autorise pas le travail.

département se résume à l'envoi d'une lettre de motivation. Les entretiens oraux devant un jury sont supprimés. À peine embauchées, les nouvelles recrues sont bientôt reparties. Vers la province, vers un travail plus spécialisé et moins exposé... Et il faudra attendre l'organisation du prochain concours pour espérer pourvoir à nouveau le poste. La situation semble aujourd'hui quelque peu se détendre. Le chômage des jeunes diplômés rendrait-il un attrait à cette profession délaissée ?

8

LE DROIT AU LOGEMENT

À la réunion d'équipe hebdomadaire, des collègues nous apprennent que, par le scandale, en refusant de sortir de leurs bureaux, un couple vient d'obtenir de la CAF son relogement.

Le plus fort est que le couple n'était même pas inscrit auprès de cet organisme comme demandeur de logement. Comme, de plus, il est quasiment sans revenu, les collègues refusent d'intervenir pour assurer le suivi social et pour demander au fond de solidarité départemental le paiement du loyer en cas de défaillance du locataire pendant les six premiers mois qui suivent la signature du bail. Dans le même temps, la CAF repousse l'inscription d'une famille de quatre enfants, très mal logée, dont le père travaille depuis onze ans dans la même entreprise. Elle nous renvoie le dossier : « la famille a des ressources trop modestes pour que son dossier puisse un jour être retenu ». Elle nous conseille de constituer une demande auprès de la cellule-logement pour les plus démunis. Une cellule-logement qui peu à peu se transforme en cellule d'enregistrement des demandes de ceux qui n'ont aucune chance d'être relogés.

Des collègues du Val-de-Marne la définissent à peu près ainsi : « Structure partenariale réunissant les acteurs publics autour du très consensuel droit au logement pour les plus démunis, sans intention de le donner. »

Peu à peu, les allocations-logement sont refusées ou supprimées aux habitants des meublés ou des logements insalubres du quartier. Après visite, les inspecteurs de la CAF motivent leur décision par les mauvaises conditions d'habitabilité de ces logements.

M. Samuel, invalide de deuxième catégorie qui vit dans une chambre vétuste et sans chauffage, se voit contraint de régler seul, avec ses 2 700 francs de ressources, ses 960 francs de loyer. M. Siméon, allocataire de la solidarité, qui dispose d'une minuscule chambre mansardée avec un vasistas pour toute ouverture, doit aussi régler avec ses 2 200 francs mensuels 1 280 francs de loyer. La famille Mounir et ses voisines n'ont jamais pu, malgré leurs demandes réitérées et mes courriers, bénéficier de l'allocation-logement. Le refus est sans appel car, contrairement à l'insuffisance des ressources, l'insalubrité des lieux ne peut plus faire l'objet d'une demande de dérogation auprès de la commission de recours. Une économie réalisée sur les plus pauvres au risque, en aggravant leur dénuement, de rendre les lieux plus insalubres, eux-mêmes plus dégradés et de provoquer des dettes et des mises à la rue.

La CAF m'explique que l'allocation-logement existe pour favoriser l'accès à des logements décents et non pour maintenir des populations dans des lieux insalubres. L'intention est louable mais ne relogera personne. Ils resteront là dans ce « parc social de fait », ces hôtels-taudis dont on déplore parallèlement la disparition. D'ailleurs, les isolés manifestent rarement le désir de partir. Ils tiennent à leur petite pièce, même sans fenêtre ou sans chauffage. Ils savent le prix d'un toit. Pour les familles, c'est autre chose. Mais leur souffrance et leur non-acceptation de la situation ne changeront rien à l'affaire. Elles vivront là avec une perte de revenu qui rendra le quotidien encore plus pénible.

Alors qu'on demande aux familles pauvres d'apprendre à subsister sur leurs maigres revenus en adaptant leur consommation à leurs ressources, pour le logement la logique s'inverse. Insuffisamment solvables pour un HLM, elles doivent payer cher un habitat exigu, précaire ou insalubre et, faute d'être convenablement logées, seront privées du droit à l'allocation logement.

Une situation que connaîtrait encore, et pour longtemps, la famille Khoni si le logement qu'elle occupait depuis huit ans n'avait été un soir d'intempérie détruit par une inondation. Sous le poids de l'eau, le plancher, dont l'état déplorable avait été constaté un an auparavant par le service d'hygiène et de sécurité, s'effondre sur sa majeure partie. M. et Mme Khoni tentent avec leurs trois petites filles d'occuper les quelques mètres carrés encore stables, en laissant les fenêtres grandes ouvertes. Mais le froid et surtout une insupportable odeur de moisi qui provoque quintes et vomissements les contraignent à se réfugier dans l'escalier de l'immeuble. Dès le lendemain du sinistre, Christine qui s'occupe de cette famille entame l'épuisante recherche d'un hébergement familial. Elle passe des heures avec la famille, interpelle les élus, rédige une multitude de rapports, téléphone à tous les centres d'accueil, alerte les associations qui viennent en aide aux réfugiés, demande la réunion de la commission d'évaluation...

Depuis des années déjà, c'est un lent travail qu'elle accomplit auprès de ce couple de réfugiés politiques, rescapé d'une histoire familiale pleine de persécutions et de crimes de sang. Face à la nouvelle situation, elle donne toute son énergie pour qu'ils retrouvent au plus vite un toit, mais les réponses qui lui parviennent sont les réponses habituelles : faute de place, la demande est partout repoussée ou mise en attente.

Et c'est la réaction d'une enseignante qui va avoir une influence décisive. Devant l'état d'extrême fatigue de Shoba, sept ans, qui s'endort pendant la classe sur son pupitre, elle décide : « Cette enfant, je la garde tant que sa famille dormira dans un escalier ! » Si elle avait écrit au maire pour lui faire part de sa grande inquiétude, il aurait prêté attention à sa lettre. Venant d'une institutrice, c'est inhabituel. Ça prouve que quelque chose cloche au pays des sinistrés et mérite un coup d'œil. Il n'aurait pas manqué de lui adresser une réponse polie pour l'assurer de son intérêt et lui communiquer son empressement à voir se résoudre la situation. Mais, « cette enfant, je la garde tant que sa famille dormira dans un escalier », ça non ! Le risque que cette histoire se répande, comme une traînée de poudre parmi le monde enseignant de la ville, rendait urgente la nécessité d'agir. Grâce à l'intervention de l'adjoint au maire, la famille est admise dans le Centre d'accueil départemental réservé jusqu'alors aux seuls RMistes puis relogée dans un trois-pièces HLM, dans la ville. Compte tenu de l'allocation personnalisée au logement directement versée au bailleur, son loyer lui coûte aujourd'hui 700 francs par mois. Bien loin des 2 800 francs qu'elle réglait auparavant pour 25 m^2 d'une habitation reconnue insalubre et dangereuse. Tout n'est pas encore gagné pour cette famille marquée par trop d'épreuves mais une autre vie commence. Les fillettes ont leur chambre, des lits superposés et des petits bureaux, le droit de jouer et d'avoir des jouets.

Car les enfants, qui vivent comme ceux-là vivaient, n'ont pas de jouets. Non que leurs parents soient trop pauvres pour leur en acheter, mais par manque de place. « Un enfant qui joue, qui étale des jouets, c'est l'horreur », me dit une mère de famille de quatre enfants. « Une boîte de Légo et on devient tous fous. Je ne leur permets qu'une ou deux bricoles, à condition qu'ils les cachent sous leur matelas. »

La famille Hamouche vit depuis treize ans dans la ville. Elle partage avec la famille Samira les pièces d'habitation du premier étage d'un pavillon insalubre. Inscrites depuis dix ans auprès des services de logement, les deux familles ont régulièrement renouvelé leurs demandes. En 1993, la situation est alarmante et le service d'hygiène, prévenu, procède à une nouvelle enquête qu'il transmet au maire et à son adjoint :

« Ce dossier a déjà fait l'objet de rapports à votre attention au sujet de la vétusté des lieux. Le propriétaire laisse délibérément son bien à l'abandon. Il n'a pas hésité en avril 1991 à couper l'alimentation en eau des appartements afin d'inciter les deux familles à quitter les lieux. Les anomalies les plus flagrantes sont les suivantes :

La cour est jonchée de gravats qui attirent les rongeurs.

L'accès au logement se fait par un escalier en bois très raide et abîmé par les infiltrations d'eau, liées à l'état défectueux des gouttières.

La stabilité des planchers est douteuse. Une vérification paraît difficile car le rez-de-chaussée est muré.

Le seul et unique W-C, dans la cour, n'est pas alimenté en eau.

La canalisation des eaux usées est cassée.

Les familles ne disposent d'aucun confort.

Les appartements se composent de deux pièces : une cuisine de 8 m^2, une chambre de 8 m^2.

La famille Hamouche a sept enfants âgés de trois à seize ans. La famille Samira a six enfants âgés de deux à quatorze ans.

J'attire votre attention sur le fait que le relogement de ces personnes deviendra un jour ou l'autre une urgence. Une procédure d'interdiction d'habiter peut être dès à présent engagée mais ne sera efficace que lorsqu'elle aura été suivie d'effet. »

Le service d'hygiène joint au rapport une planche photos éloquente. Après l'avoir regardée, l'adjoint au maire décide qu'on ne peut plus attendre. Les conditions sont trop désastreuses et les risques encourus trop grands. Puis, comme le dit le service d'hygiène, il faudra reloger tôt ou tard. Alors, comme le département ouvre trois appartements d'hébergement d'urgence sur la ville, deux (vu la taille de la famille) seront réservés aux Hamouche. Le troisième est déjà occupé ou retenu.

La famille Samira est mise en attente, ainsi qu'une troisième famille qui vit non loin de là et dispose à huit d'une superficie de presque 30 m^2.

Certes, il y a urgence pour ces familles, mais une urgence prévisible de longue date et à laquelle on n'a jamais voulu remédier par un relogement. Un habitat vétuste, non entretenu, et même dégradé délibérément par le propriétaire qui coupe l'eau, amoncelle les gravats... où des familles s'entassent dans l'inconfort le plus complet et les conditions sanitaires les plus déplorables, ne peut que devenir dangereux. Et si le centre d'hébergement offre à la famille Hamouche une solution transitoire, qui ensuite va la reloger pour qu'elle n'occupe pas indéfiniment une place dans cette structure où, en tant que simple demandeuse de logement, elle n'a rien à faire ?

La directrice d'un autre centre d'accueil nous dit abriter sans raison, depuis plus de deux ans, une famille qu'aucun office ne veut loger. Les revenus salariés du père sont jugés insuffisants pour une entrée dans le parc social. Un smicard pourtant. Un de ces privilégiés qui coûte si cher à l'entreprise et laisse délibérément privé d'emploi celui qui serait prêt à gagner moins. Faudrait savoir ! Un refus néanmoins qui risque de frapper longtemps la famille Hamouche. Le père travaille très régulièrement mais pour un salaire qui oscille entre 5 200 et 6 000 francs, suivant qu'il effectue ou non quelques heures supplémentaires durant le mois. Aujourd'hui, il règle, sans allocation logement, 1 750 francs de loyer plus les charges d'électricité et de chauffage. Bien davantage qu'il ne paierait en HLM, compte tenu de l'APL (allocation personnalisée au logement) qu'il percevrait alors.

Ce transit obligé en centre d'hébergement et de réinsertion sociale est aussi absurde qu'inutilement coûteux lorsqu'il s'adresse à des familles aux ressources de travail régulières qui assurent vis-à-vis de leurs enfants leur responsabilité éducative, et pour lequel le rôle principal de l'accompagnement social sera de démarcher les services de logement pour obtenir l'HLM qu'on leur a refusée pendant tant d'années. Pourtant, l'utilisation d'un dispositif d'urgence comme préalable au relogement devient de plus en plus fréquente. Lorsqu'une situation devient trop dangereuse ou trop voyante, on ouvre aux intéressés la porte d'un hébergement en attendant de les caser en habitat social. Les autres peuvent attendre, rester mal logés, vivre même toute une vie de mal-logé. Voilà la réponse vers laquelle on s'oriente dangereusement en matière de logement. Le traitement de la grande urgence au mépris du besoin fondamental.

Mme Nadia vit avec son mari et trois de leurs quatre enfants dans un studio de 25 m^2. L'aîné, gravement asthmatique, est confié à ses grands-parents qui habitent le Sud de la France.

Mme Nadia est de celles qui supportent le plus difficilement ses conditions de vie. Elle m'interpelle constamment : Comment mettre fin à ce lamentable quotidien ? Auprès de qui trouver la chance d'un relogement qui n'attende pas encore des années et des années ? Si je ne suis pas suffisante, que je lui indique seulement ce qu'elle doit faire, où s'adresser. Elle est prête à toutes les démarches. Elle ne demande que ça. Tout, plutôt que seulement rester là à se désespérer, à se disputer avec le propriétaire qui laisse l'immeuble à l'abandon, à pourchasser les cafards au plafond, à prévenir le service d'hygiène pour faire constater l'insalubrité et la saleté repoussante des lieux, à appeler les médecins d'urgence pour les enfants qui suffoquent la nuit, à écouter gentiment leurs recommandations d'aller se loger ailleurs et, en attendant, de ne pas trop utiliser le chauffage qui tire des murs les saloperies qui infectent les enfants. Oui, elle est prête à tout, mais à part moi et les deux conseillers municipaux, qui promettent aux familles des interventions rapides et efficaces auprès du maire, sans savoir qu'il ne les reconnaît même pas comme demandeurs de logement sur son propre contingent car elles ont l'infortune de vivre sur des futurs territoires de ZAC, non, vraiment, je ne vois pas.

Après une émission de télévision où le maire, briguant un poste de ministre, se présentera comme un défenseur du droit au logement des plus démunis, elle viendra me trouver, pâle de rage. Pourquoi aucune des assistantes sociales, qui savent si bien dire aux familles que le maire ne veut pas d'elles sur son territoire, n'est intervenue pour le démentir ? Rassemblées autour d'un café, plusieurs collègues s'étaient posé une question semblable. Curieux que, devant les discours du maire, aucune famille n'ait songé à appeler pour lui dire sa colère et sa désapprobation. Les consciences sont troublées mais personne ne parle.

La France vit tranquillement en démocratie.

Comme la famille Nadia, la famille Hocine attend encore son relogement. Son immeuble, racheté en 1991 pour destruction immédiate, est aujourd'hui en gérance locative. M. Hocine vit en France depuis 1969. Lorsque sa femme le rejoint en 1978 avec leur fils, alors âgé d'un an, ils s'installent dans ce logement composé d'une cuisine de 4 m^2, d'une pièce commune de 10 m^2, d'une chambre de 18 m^2 et s'inscrivent immédiatement auprès du service des mal-logés de la préfecture et des divers offices d'HLM.

En 1983, le service d'hygiène atteste que la famille Hocine qui a maintenant trois enfants et attend le quatrième connaît de très mauvaises conditions d'habitabilité :

« L'insalubrité des lieux est due à une très forte humidité apparente sur les plafonds et la paroi des murs. On peut noter également la présence d'une condensation importante sur les vitres. Une odeur caractéristique d'humidité est perçue dès l'entrée du logement. Par ailleurs, le confort est totalement inexistant : un W-C à l'extérieur (utilisé par une quinzaine de personnes), un chauffage très insuffisant (un unique convecteur électrique est installé pour tout le logement...). Le surpeuplement des lieux vient aggraver les conditions de vie ci-dessus décrites. »

La même année, suite aux diverses interventions sociales faites en leur faveur, l'OPHLM départemental envoie un enquêteur au domicile et la commission d'attribution donne son accord pour un relogement dans un appartement de type F4. Dans sa lettre, le président de l'office précise :

« Malgré le nombre limité de logements disponibles au regard de nombreuses demandes encore non satisfaites, je veux vous assurer que mes services feront le maximum pour procéder à une attribution dès que des possibilités se présenteront. »

Sept ans après cette lettre porteuse d'espoir, le même office, toujours alerté par la même situation, répond :

« Je vous confirme que cette demande a bien été enregistrée par le service du logement de l'office départemental. La procédure d'instruction de ce dossier est en cours. Toutefois, compte tenu du nombre très important des demandes en attente, il ne m'est malheureusement pas possible de vous donner satisfaction dans l'immédiat. »

Même l'éventualité d'un relogement n'est plus à l'ordre du jour.

Dès 1990, la cellule-logement a leur dossier en main. La famille attend déjà depuis douze ans son relogement. Les quatre enfants partagent la même chambre, une pièce très humide. La petite dernière dort sur un matelas que les parents roulent au matin. Du fait des conditions de logement qui ne correspondent pas aux normes exigées pour le regroupement familial, la mère n'a jamais obtenu la régularisation de son séjour et l'autorisation de travailler. Vivant maintenant depuis quinze ans sur le sol français, elle vient de déposer une demande de carte de résidence. Un titre qu'elle aurait dû obtenir de plein droit si les nouvelles dispositions de la loi sur l'entrée et le séjour des immigrés ne remettaient en cause ce type de régularisation.

En 1993, un nouveau rapport réactualise « cette situation inchangée depuis quinze ans ». Non ! pas tout à fait inchangée. Le père, qui travaillait comme soudeur dans la même entreprise depuis vingt et un ans, vient d'être licencié. Son entreprise a dégraissé avant de déménager en province. Je gage que l'absence de revenus salariés sera dorénavant évoquée comme l'obstacle majeur au relogement.

Voisine des Hocine, la famille Souad est dans une situation similaire. Une attente aussi longue dans un logement aussi précaire. Un récent rapport d'hygiène décrit le domicile :

« Cinq personnes vivent dans une cuisine de 6 m^2, un salon de 10 m^2, une chambre de 12 m^2 qui ne disposent d'aucun confort, ni de W-C, ni de cabinet de toilette. Les boiseries des ouvrants sont pourries et les fenêtres ne ferment plus. Une très forte odeur d'humidité est perçue. L'inoccupation de l'appartement du rez-de-chaussée n'améliore pas la situation. »

Après son passage, le service d'hygiène répercute ses constatations auprès du propriétaire et du syndic et demande que des travaux confortatifs soient entrepris. Il attire aussi l'attention de la famille sur le danger que peut représenter l'emploi d'un dispositif de chauffage trop précaire, en raison de la vétusté des installations électriques et du logement.

Mais le record d'années d'attente ne leur revient pas. Il revient à la famille Melinda, inscrite depuis 1975. En 1976 déjà, le bureau d'hygiène décrit ce petit logement situé dans un immeuble très vétuste :

« Une chambre de 4 m sur 2 m 80. Une cuisine de 4 m sur 2 m 80. Les pièces sont insalubres. Une humidité importante se manifeste dans la chambre et une condensation anormale est visible sur les parois des murs de la cuisine. Aucuns travaux ne peuvent remédier à la situation présente. En dehors de l'insalubrité constatée, il faut noter l'absence de confort (W-C à l'extérieur, pas de cabinet de toilette...) et le surpeuplement des lieux. Vivent là cinq personnes. Deux parents et trois enfants. La plus jeune a dû être confiée à une nourrice en raison des mauvaises conditions d'habitabilité rencontrées. La mère vit la situation très douloureusement. »

La même année, Laura, alors âgée de vingt mois, est hospitalisée pour un retard de croissance. Le médecin, qui la visite à plusieurs reprises après son retour au domicile, écrit à notre service :

« Le problème médical de Laura est réglé. Hélas, j'en vois un de moins simple. Le logement est propre et ordonné mais misérable. S'il vous était possible d'obtenir un relogement, les relations familiales seraient transformées. Je suis très pessimiste quant à l'avenir de cette famille si elle continue de vivre ainsi. »

Triste prémonition ! Douze ans plus tard, les craintes du médecin s'avèrent totalement fondées.

Lorsque j'arrive sur le secteur, José, seize ans, frère aîné de Laura, est décrit dans le dossier social comme un adolescent « fin, intelligent, sensible, aimant apprendre », mais en grande détresse psychologique. Suivi par l'équipe du dispensaire d'hygiène mentale, il bénéficie aussi du soutien actif des professeurs de son lycée. Lors d'une synthèse réunissant les divers intervenants de cette famille, le médecin psychiatre de l'hôpital nous explique que, « malgré ses tensions et ses déchirements, la vie familiale est nécessaire à José. Il en a grandement besoin. Mais celle-ci ne peut l'aider à se rétablir que s'il possède au domicile un endroit à lui où puiser sa sécurité. Ses conditions actuelles d'existence sont insupportables et tous les moyens de fuite lui sont bons ».

Des rapports alertant sur le besoin urgent de relogement de cette famille, le dossier social en est rempli. Depuis 1976, chaque année ou presque, les collègues qui m'ont précédée ont décrit le logement et ses conséquences désastreuses sur les relations familiales. Des conséquences aggravées au fil des années, au fur et à mesure que les enfants grandissaient. Puisqu'en vertu de la circulaire interministérielle de 1959 qui définit ma fonction, je dois « rechercher les causes qui compromettent l'équilibre physique, psychologique, économique ou moral d'un individu, d'une famille ou d'un groupe et mener toutes actions susceptibles d'y remédier », j'y ajouterai le mien. Et ce ne sera pas le dernier. Deux des professeurs de José prendront rendez-vous directement avec le maire et plaideront avec beaucoup de conviction la cause du relogement de la famille Melinda. Il opposera à leurs arguments l'insuffisante solvabilité de la famille.

En 1990, je transmets un rapport à la cellule-logement qui me le réexpédie aussi sec : « Faute d'inscription préalable auprès des offices, la demande n'est pas recevable. » La première inscription de la famille auprès de l'Office départemental remonte à quinze ans. Depuis, le dossier a rigoureusement été réactualisé et Mme Melinda possède une attestation toute récente du bon enregistrement de sa demande, que je m'empresse de leur faire parvenir.

En 1991, après dix-sept années d'inscription sur le fichier municipal, sans aucune proposition, le maire, en sa qualité de président de l'office, leur adresse pour la première fois une lettre personnalisée. Prévenu on ne sait comment de l'absence forcée et momentanée de la mère sur le territoire communal (la cohabitation avec le fils malade était devenue infernale), il lui signifie purement et simplement sa radiation comme demandeuse de logement sur son propre contingent. On informe M. le maire de son erreur, mais il est déjà retourné à son silence habituel.

Les années 1980 se sont écoulées. Les années 1990 ont bien commencé. Un relogement finira par leur arriver parce qu'il est dit que tout finit toujours par arriver. Mais c'est encore prématuré. Et puis, tout bien considéré, pourquoi se dépêcher ? Leur relogement ne fera bientôt plus problème. Le fils Hocine, dix-sept ans, a parié avec ses parents qu'il fêterait là sa majorité. Deux des filles Souad sont majeures. La troisième, lycéenne, est âgée de seize ans. Mme Melinda n'a plus qu'un seul enfant près d'elle.

Tous auront grandi et quitté le toit familial sans avoir connu autre chose que ces conditions catastrophiques d'existence.

À quelques pas des familles Souad, Hocine et Mélinda, des milliers de mètres carrés de bureaux vides cherchent désespérément les sociétés de renom, les créatifs, les médias, les entreprises de communication qui devaient faire d'eux un des plus grands pôles économiques de la banlieue sud. Un peu plus loin, dans un quartier où on ne compte plus les ZAC achevées ou en projet, la façade lépreuse d'un immeuble a été entièrement rénovée pour que sa vue n'insulte plus les nouveaux résidents qui n'avaient quand même pas payé 25 000 à 30 000 francs leur mètre carré d'appartement pour un environnement aussi dégradé. Mais, à l'intérieur des masures, masquées maintenant par les murs enjolivés, on n'a rien changé.

Si les familles Virgile, Célestin et Constance attendent encore leur relogement, c'est parce qu'elles ne savent pas qu'elles ont intégré le parc social.

Des sacrés chanceux qui s'ignorent. Comme elles, M. Ali, la famille Kamal et beaucoup d'autres s'ignorent aussi.

Pour se libérer de la dotation de solidarité urbaine* injustement acquittée par la ville, le maire, qui est un bon gestionnaire, a fait recompter tous les logements sociaux. Les foyers pour immigrés et les logements vétustes achetés par la SA HLM caritative, dont certains devraient être interdits à l'habitation depuis près de dix années, sont entrés dans le calcul. Si pour eux cela ne fait pas de différence, cela en fait une pour le budget communal qui s'enrichit d'une somme rondelette.

Mais, plus encore, le maire est un habile communicateur. Il reloge en secret des familles dont on sait au moins qu'elles ont une caractéristique commune : celle de ne pas fréquenter nos services. Et il affiche son souci pour les plus démunis en relayant, à travers les panneaux d'information de la municipalité, la campagne de la Fondation Abbé Pierre. « Aidez-nous à les reloger ! Vite ! » Si d'autres veulent se donner cette peine... À leur bon cœur !

Depuis la création du RMI et la mise en œuvre de la loi Besson, on nous parle sans arrêt du droit au logement. « Un droit qu'il vous appartient aussi en tant que travailleurs sociaux de faire respecter, notamment dans un souci d'insertion sociale des personnes les plus démunies. » Voilà le discours qu'on nous tient. Et quels moyens nous donne-t-on pour faire respecter ce droit ? Faire et refaire les mêmes paperasseries. Pour aboutir à quoi au juste ? À rien, à de l'indiffé-

* Fonds de solidarité financière entre communes alimenté par les villes qui disposent de moins de 11 000 logements sociaux pour 10 000 habitants et d'un potentiel fiscal par habitant supérieur à la moyenne nationale.

rence, à une sorte de désinvolture déguisée invariablement en :

« Je n'oublie pas votre dossier et poursuis mes efforts pour obtenir votre relogement. Soyez assuré que j'interviendrai personnellement pour que votre dossier soit étudié en priorité. »

D'ailleurs, il n'y a pas de droit au logement. C'est abusivement que l'on emploie ce terme. Il n'y a pas de passe-droits non plus. Il y a seulement des gens relogés et des gens qui ne le sont pas. Des gens qui sont relogés très vite, parfois même avant le dépôt de leur demande. D'autres qui devront attendre de longues années, jusqu'à dix, douze, quinze ans et plus encore. Des gens qui ne le seront jamais et qui n'ont légalement aucun moyen de se faire entendre.

Quelle que soit l'urgence du besoin, quelles que soient les années d'attente, une famille peut-elle se présenter devant une juridiction pour faire constater l'injustice commise à son égard et réclamer l'application de son droit à des conditions décentes d'existence ? Non, elle ne peut même pas exiger le passage de son dossier en commission d'examen. Elle ne peut que se taire et continuer à endurer.

Un tribunal viendra-t-il annuler l'attribution d'un appartement HLM à un bénéficiaire abusif qui ne remplit aucune des conditions nécessaires à son obtention ? Non, « le petit copain », « le pistonné » en gardera le privilège autant qu'il le voudra.

Le seul droit reconnu est celui d'instruire une demande. Ensuite, la commission d'attribution est souveraine dans ses décisions. Une commission dont on ignore la composition. Une commission qui n'a pas à légitimer ses choix et contre laquelle il n'y a aucun contrôle extérieur et aucun recours.

Un droit qui n'offre aucune autre garantie que le bon vouloir des décideurs est-il un droit ?

Le 1er mars 1990, la Cour des comptes dans un rapport public épinglait la Caisse d'allocations familiales gestionnaire de 13 000 logements sociaux destinés en principe aux familles défavorisées mais occupés seulement à 46,5 % par ces familles : « Priorité est parfois donnée à des candidats dont les difficultés sociales ne semblent pas avérées, qu'il s'agisse du conseiller d'un directeur adjoint de la CNAM, de proches d'administrateurs ou d'anciens administrateurs de la Caisse. »

« On sait que 70 % des sommes consacrées au logement social ne vont pas à ceux qui en ont le plus besoin », écrit René Lenoir, l'une des huit personnalités qui composent le Haut comité pour le logement des personnes défavorisées, dans un article du *Monde* paru en septembre 1993. Le même René Lenoir, lorsqu'il était en 1978, sous la présidence de Valéry Giscard d'Estaing, notre secrétaire d'État à l'action sociale, reconnaissait que « les mauvaises conditions de logement ont une influence considérable sur la dégradation des relations parents-enfants ».

En 1994, la chambre régionale des comptes d'Ile-de-France dénonce la gestion des logements sociaux de la ville de Paris : logements accordés par piston, à des bénéficiaires qui gagnent plus de 80 000 francs par mois, logements qui servent de résidences secondaires...

Ces constats (et il en existe beaucoup d'autres), ces critiques sur l'utilisation détournée de l'argent public destiné au logement social, entraînent-ils plus de justice dans les attributions ? À voir les réponses qui nous parviennent, on en doute.

Récemment, sur les ondes, un médecin d'une ville du Nord du département défendait les dispensaires municipaux, presque tous menacés de disparition sous la pression du secteur privé. « On y fait une médecine plus lente, plus sociale, plus à l'écoute des problèmes des patients. Cette médecine-là a sa place dans une ville où de nombreuses familles vivent depuis dix ans dans 10 m^2. » Que des médecins sachent entendre derrière la maladie la souffrance sociale est certainement une bonne chose, mais combien de temps faudra-t-il encore pour que nos gouvernants entendent qu'une famille ne peut pas vivre pendant dix ans dans 10 m^2 ?

Pendant que leurs parents attendent, les enfants rêvent.

Nina rêve d'une chambre pour elle et ses sœurs. Le deux-pièces où elle vit depuis cinq ans est propre et coquet mais beaucoup trop exigu pour une famille de six personnes. Les parents et les deux plus jeunes enfants dorment dans l'unique chambre, les deux filles aînées dans le placard à balais de 2 m^2. Je ne sais par quelle astuce les parents ont réussi à monter leurs lits superposés qui en occupent l'exacte surface mais ce succès, Nina ne l'encaisse pas :

« La honte ! Est-ce qu'on est des rats, ma sœur et moi, pour dormir là-dedans ? »

La salle de bains fait 6 m^2.

« Si on pouvait démonter la salle de bains pour en faire une chambre et transformer le réduit en douche, dit la mère.

– Ça serait super ! On aurait notre chambre ! s'enthousiasme immédiatement Nina.

– Oui, mais ça coûterait cher aussi… », soupire la mère.

De toute façon, je doute d'une réponse favorable du bailleur à cette proposition de modification des lieux. Nina veut me raccompagner. Elle prend l'ascenseur avec moi. Elle a quelque chose à me dire :

– Je voudrais tellement une chambre pour inviter mes copines. Depuis qu'on habite ici, je n'ai invité qu'une seule fois une copine, celle qui habite au troisième étage. Je n'ose pas aller chez les autres. J'ai peur qu'après elles demandent à venir chez moi.

La semaine suivante, le commissaire et neuf de ses hommes accompagnent l'huissier pour la saisie mobilière de la famille qui a une dette de 36 000 francs suite à un emprunt bancaire contracté il y a six ans. Ils emportent le canapé, la télé, de la vaisselle, une friteuse, des draps, laissent le meuble de séjour :

« Il est tout cassé. Mon mari l'a rafistolé, dit la mère.

– J'ai vu, répond l'huissier. »

Le tout sera vendu aux enchères moins de 1 000 francs. Faute de solvabilité, une renégociation de la dette n'était pas envisageable. Le mari, reconnu par la COTOREP depuis 1991 comme travailleur handicapé première catégorie suite à un accident du travail, occupe maintenant un emploi de coursier au SMIC dans une petite entreprise qui parle de déposer le bilan. Se battre contre les huissiers n'aurait servi à rien. Ils n'auraient pas lâché prise et les frais de procédure seraient venus accroître la dette. Mieux vaut qu'ils prennent ce qu'il y a à prendre et établissent ensuite un constat de carence.

« Je reviendrai, a dit l'huissier.

– Comme vous voulez, a dit la mère. Je n'ai plus rien. Je n'ai que mes filles. Y'a de la valeur dedans. J'en ai beaucoup, si vous en voulez une ! »

Heureusement que l'humour est une richesse qu'aucun huissier ne peut saisir.

Nina, cependant, n'est pas prête d'inviter ses copines à la maison.

La maîtresse de CP demande aux enfants :

« Qu'est-ce que c'est une bibliothèque ? »

Elie sait. Il en possède une chez lui, dans sa maison même. Une pièce avec des livres jusqu'au plafond sur des étagères très hautes :

« On n'y dort pas, on y va juste pour lire et travailler. »

La maîtresse n'est pas surprise. Cela correspond bien à cet enfant intelligent, au langage étonnamment riche. Mais elle reste interdite lorsque, à la fin de l'année, elle apprend au cours d'une commission d'évaluation qu'Elie vit avec sa famille dans une pièce de 10 m^2 et qu'il ne possède même pas un lit digne de ce nom.

Après l'édification du centre commercial et, tout autour, de ces résidences blanches, agrémentées de balcons, Oulé raconte à tous ses copains qu'il habite là maintenant. La nouvelle s'ébruite. La famille d'Oulé relogée dans ces beaux immeubles et nous ne sommes pas au courant ! Travailleurs sociaux et bénévoles des associations de quartier qui connaissent bien cette famille n'en reviennent pas.

Non, Oulé a seulement rêvé d'un ailleurs un peu trop fort. Il vit toujours dans son taudis avec les siens : une pièce-cuisine dans un immeuble délabré avec pour tout sanitaire un W-C dans la cour qui sert à une dizaine de familles et un écoulement des eaux bouché. L'eau va être prochainement coupée. Mais l'eau a déjà été si souvent coupée dans cet immeuble… Et la mairie, cette fois, a prévu l'installation d'un robinet commun dans la cour. En attendant, Oulé comme ses frères continue de faire sa toilette sur le palier. Et il se peut bien que de sa vie, il ne connaisse jamais un bel immeuble blanc, agrémenté de balcons.

Par l'assistance que nous devons aux personnes en difficulté, par la protection que nous devons aux enfants, notamment par l'obligation de prévenir les autorités administratives ou judiciaires des risques et des dangers qu'ils encourent, nous avons légitimité à intervenir pour que des familles ne vivent plus pendant des années et des années dans des conditions qui portent préjudice à leur santé, à leur sécurité et à leur épanouissement.

Resterons-nous enfermées dans le silence et l'impuissance tout en revendiquant une reconnaissance sociale à la hauteur de nos compétences et de nos responsabilités ou saurons-nous nous mettre au service de ceux qui ont le plus besoin de notre aide ?

Achevé d'imprimer
avec les films fournis,
en septembre 1995
par IMPRIMERIE LIENHART
à Aubenas d'Ardèche

Dépôt légal septembre 1995
N° d'imprimeur : 7849
N° d'édition : 1320